직업상담사

조희수입니다

# 직업상담사 조희수입니다

**1판 1쇄 발행** 2022년 12월 06일

**저자** 조희수

**교정** 주현강   **편집** 문서아
**마케팅** 박가영   **총괄** 신선미

**펴낸곳** (주)하움출판사   **펴낸이** 문현광

**이메일** haum1000@naver.com   **홈페이지** haum.kr
**블로그** blog.naver.com/haum1000   **인스타그램** @haum1007

**ISBN** 979-11-6440-257-1 (03810)

# 머리말

'직업상담사' 관련 책들이 넘쳐 난다.

기존에 출판된 책만으로도 이미 충분하다고 생각할 수 있음에도 불구하고 '직업상담사'라는 단어가 들어간 책을 낸다.

직업상담사로 근무하면서 겪은 일들과 또는 주변 사람들이 내게 하소연하며 해결책을 원했던 분야에 대해 그리고 직업상담사가 앞으로 해야 할 일들에 대해 말할 필요가 있다는 생각이 들었다.

직업상담사 자격증 공부를 하기 전에, 하는 일들에 대해 알고 시험에 도전하면 좋을 것 같다는 생각과 자격을 취득한 후에, 각자 하는 일의 중요성과 해결 방법 등에 대해 참고 자료로 읽어 보면 좋겠다.

직업상담사 자격증이 생기기 전부터 직업훈련학원에서 직업상담사로 근무했고, 직업상담사를 배출하는 학원을 운영도 했고, 공직에서 현역 직업상담사로 근무하며 수많은 직업상담사를 만났고, 직업상담사 시험을 볼 수 있도록 안내하고 직업상담사 자격을 취득한 후 그분들이 취직하고 자리 잡을 수 있도록 도왔던 경험을 같이 공유하며 직업을 구하는 이들과 직원을 채용하려는 기업체를 연결하는 업무를 하며 느꼈던 보람과 함께한 희로애락의 시간을 돌아보고자 한다.

최근 박봉, 고강도 업무, 온갖 잡무 및 연금 고갈 등 여러 가지 이유로 공무원에 대한 선호도가 떨어졌다는 언론 보도를 보며 오십에 공무원에 합격하기까지, 또한 직업상담사로 날것 그대로의 직업상담사에 관한 이야기를 하는 책이 한 권쯤은 있어도 좋겠다는 생각이 들었다.

지금도 직업상담사를 준비하는 많은 분을 위해, 아니 지금도 직업을 찾기 위해 하루하루 희망과 절망의 극과 극을 오가며 힘들어하는 분을 위해 나의 경험이 조금이라도 도움이 되기를 바라는 마음과 어쩌면 조금이라도 도움이 될 것이라는 믿음으로 또 어쩌면 처음 직업상담사를 선택한 그 시간 나에게 했던 스스로에 대한 약속을 지키고 싶은 마음으로….

이 글을 쓰기까지 많은 도움을 주신 분들이 생각난다.

지금도 손수 청국장을 만들고 팔며 자식 뒷바라지에 허리가 휘신 홍경자 여사님, 늘 바쁜 엄마를 이해하고 응원해 주는 두 아들과 딸, 같은 세월을 거닐며 함께 익어 가고 있는 남편, 지지와 응원으로 이끌어 주는 사회와 공직의 선후배님들과 지인들, 따뜻한 시선으로 나를 보듬는 친인척들, 너무 많은 분의 격려와 응원 속에 살아가고 있음에 새삼 감사한 마음이 드는 날들이다.

홍경자 청국장이 구수한 충북 영동 각계리,
남양주 그리고 대전에서

# 차 례

- 직업상담사 자격증 취득 후 다시 사는 인생      8
- 직업상담사 취득 준비생을 강의하는 강사들의 강사   20
- 파혼 후 찾은 평생직장 그리고 사랑      26
- 칠십에 다시 세운 인생의 꿈      34
- 어머니를 울린 명문대생 아들      42
- 나의 답은 직업상담사이다      50
- 전국 최초 일선 자치단체 직업상담사      76
  배치로 경력 인정
- 나의 스승님들      90
- 직업상담사 조희수입니다      104
- 출소 후 바로 상담하러 온 성폭력 전과자      118
- 중매도 아닌데 뺨이 석 대      126
- 정규직 No, 계약직 Yes      136

- 예식장까지 잡았는데 실업자 됐어요,      142

  결혼 포기해야 하나요?
- 고등학교 졸업자인 저에게 일자리가 있을까요?     150
- 사라진 퇴직금     158
- 경계선 장애인의 끊임없는 구직     170
- 다시 시작하는 직장     182
- 헌신하다 헌신짝 신세가 된 할머니     192
- 아무래도 얼굴 때문에 취직이 안 되는 것 같아요     198
- 키가 작아 취업하지 못한다는 취준생     204
- 지적 장애인의 아버지     212
- 아이와 살고 싶어요     218

# 직업상담사 자격증 취득 후
# 다시 사는 인생

✳

이른 아침, 맨발에 슬리퍼를 신고 실내에서나 입을 만한 옷을 입은 사십 대쯤 되어 보이는 여자분이 학원 앞을 서성거리고 있었다.

"안녕하세요? 어떻게 오셨는지요?"

나의 물음에 그녀는 대답보다 먼저 울음을 터트렸다. 한참을 울고 난 후 여전히 울음이 묻어 있는 얼굴로 그녀는 이야기를 시작했다.

젊은 시절 자신은 좋은 직장에서 능력을 인정받으며 하는 일도 재미있어서 하루하루 즐겁고 행복하게 지냈다. 그렇게 멋진 직장 생활로 이십 대의 청춘을 즐겁게 지내던 중 지금의 남편을 만나 결혼했다. 집에서 살림을 하고 아이를 키우기 원하는 남편의 의견에 따라 계속 직장 생활을 하고 싶은 아쉬운 마음을 뒤로하고 결혼과 동시에 다니던 직장을 그만두고 전업주부로서 생활했다.

두 살 터울로 아이들을 낳고 혼자 육아를 전담하고 집안일

을 하며 자신보다 아이들과 남편을 먼저 챙기며 살았다. 자신을 위한 옷은 만 원도 아까워 사지 않으면서 아이들 학원비로는 한 달에 수백만 원씩 나가도 아이들의 미래가 더 중요하다고 생각하며 그렇게 사는 것이 맞는 거라고 여겼다. 남편 기가 죽을까 봐 살림에 들어가는 돈은 백 원도 절약하면서 남편 용돈은 아낌없이 챙기며 살았다. 남편과 큰 문제 없이 평범한 여느 부부들처럼 무탈하게 지냈고 아이들도 잘 자라 주었다. 아이들 성적이 최상위권은 아니었지만 크게 욕심내지 않고 이만하면 괜찮은 인생이라고 여겼다.

그런데 오늘 아침 밥상머리에서 "요즘 아이들은 보살핌과 관심이 필요한 나이에 학교에 다녀와서 부모가 집에 없으니 문제가 많이 생긴다."라는 신문 기사를 말하며 중학생인 아들에게 "너는 엄마가 집에 있어서 이것저것 챙겨 주고 보살펴 주니까 얼마나 좋으니? 이렇게 전업주부인 엄마가 있으니 다행이지?"라고 했더니 아들이 "아니, 난 출근해서 돈 많이 버는 능력 있는 엄마가 더 좋아. 직장 다니는 친구 엄마들은 용돈도 많이 주고 잔소리할 시간도 간섭할 시간도 없어서, 듣기 싫은 소리도 귀찮은 간섭도 안 해서 너무 좋대."라고 했다.

기막혔지만 농담이겠거니 여기며 그래도 남편은 자기편을 들어 주려니 하는 마음으로 남편에게 "당신도 그래?"라고 물

으니 남편도 "나도 그동안 말을 안 해서 그렇지, 아들 말이 맞아. 능력 있어서 직장 다니며 살림 잘하고 돈 잘 버는 동료 부인들 얘기 들으면 부럽더라. 부부가 함께 버니까 돈도 풍족하고 노후 걱정도 없고 부인이 시간이 없으니 간섭할 시간도 잔소리할 시간도 없다고 다들 자랑해."라고 했다.

순간 잘나가던 직장을 결혼과 동시에 그만두고 하고 싶은 것을 모두 포기하며 애들 키우고 집안일을 하느라 십몇 년을 희생만 하고 살아온 자신의 지난 삶이 아무것도 아니라는 비참한 생각이 들었다.

남은 건 여기저기 아픈 몸과 주름진 얼굴의 중년 아줌마의 모습.

'나의 인생은 어디로 간 건가?' 하는 생각에 남편과 아들에게 느껴지는 배신감과 모멸감에 서러워서 견딜 수 없었다. 남편과 아들한테 한마디 대꾸도 못 하고 등교하고 출근한 남편과 아들이 남기고 간 뱀 허물 벗어 놓은 것 같은 옷가지들의 뒷정리를 하며 잔소리 많은 엄마라는 표정으로 쳐다보던 아들의 얼굴과 돈이나 벌어 왔으면 하는 남편의 얼굴이 교차하니 갑자기 속에서 욱하고 화가 올라오며 모든 것이 귀찮아지고, 기막힌 마음에 정신을 차려 보니 어느새 아파트 꼭대기에 서 있었다.

까마득한 땅을 쳐다보며 별별 생각이 순식간에 지나가며 서러움에 대성통곡을 하는데 갑자기 금이야 옥이야 길러 주신

친정엄마 얼굴이 떠오르며 '엄마가 나를 어떻게 키웠는데 내가 이렇게 말도 안 되는 무서운 생각을 하는 거지?' 하며 정신이 번뜩 들었다.

마음을 추스르고 집으로 들어와 앉아 있으려니 자꾸 눈물만 흘렀다. 그때 문득 신문 사이에 끼어 있던 '다시 시작하는 인생-직업상담사 자격증'이라는 광고지가 눈에 확 들어왔다. 직업상담사에 대한 안내 광고지를 읽으며 '그래, 내가 얼마나 멋지고 근사한 사람인지 아들과 남편에게 기필코 보여 줄 거야.'라며 결심했다.

그 후 다른 생각을 할 겨를도 없이 한걸음에 학원으로 달려왔다며 자신의 지난날들을 이야기했다. 그렇게 그녀는 나를 만나 상담을 한 그날부터, 직업상담사 자격증 취득으로 자신의 존재를 증명해 보이겠다는 의지를 불태우며 정말 열심히 공부했다. 결과는 노력을 배신하지 않았다. 그녀는 몇십 년 만에 하는 공부와 시험에 적응하는 일이 너무 어렵고 떨린다고 번번이 말하면서도 고3보다도 더 열심히 공부했다.

그 결과 당당히 합격해서 지금은 보란 듯이 직업상담사로 근무하고 있다. 물론 출근해서 용돈을 주는 엄마와 돈 버는 능력 있는 아내로서 말이다.

"엄마는 너의 말에 충격을 받아 처음에는 힘들었지만, 생각해 보니 너의 말이 틀린 게 아니라는 걸 깨닫고 어떻게 하면 너에게 멋진 엄마의 모습을 보여 줄 수 있나 고민하다 직업상담사 자격증 공부를 해서 정말 힘들게 자격증을 취득했어. 이제 너에게 자랑스러운 직장인의 모습을 보여 주고 예전보다 용돈도 더 주고 네가 듣기 싫어하는 잔소리도 덜 하고 있잖아. 하지만 아무리 바쁘다고 해서 너를 기르고 가르치는 일을 소홀히 할 수는 없지. 엄마도 이 나이에 너의 말을 불평이 아니라 충고로, 긍정적으로 생각하고 공부해서 직업상담사 자격에 합격하고 취직까지 했는데 너는 엄마가 어떤 말을 하든지 다 잔소리로 여기고 성적이 올라가거나 생활 태도에 변화가 없잖아. '능력 있는 엄마'가 출근하느라 시간이 없어서 너의 모든 것을 다 돌봐 줄 수 없으면 최소한 네 방은 스스로 청소하고 엄마를 본받아 공부도 열심히 해서 성적을 올려야지, 너는 변화가 없이 그대로이면 너야말로 엄마한테 잔소리만 하는 잔소리쟁이잖아."

남편에게는 "당신은 더 말할 것도 없어. 능력 있는 아내가 직장 다니며 살림하고 돈 버느라 힘들고 당신이 말한 것처럼 노후 걱정 안 하게 하면, 그런 동료 부인들 부럽다는 말을 한 것에 대한 책임을 느끼며 변화가 있어야지. 내가 시간 없으니까 당신도 집안일이랑 애들 돌보는 거랑 기타 여러 가지를 분

담해야겠다는 생각은 안 들어? 어떻게 예전처럼 편하게 왕처럼 계속 지내려고 해. 당신이 왕처럼 살려면 나를 왕비처럼 대우해야지."라며 큰소리를 치며 멋진 직업상담사로 180도 다른 삶을 살고 있다.

처음 나를 찾아왔을 때와 너무나 다른 삶을 사는 그녀는 나에게 덕분에 본인의 삶과 행복을 찾고 자신의 존재감과 자아성취감을 느끼며 예전보다 더욱 나은 삶을 살고 있다며 고마워했다.

많은 여성이 결혼 후에 육아나 가사 등 주변 여건으로 인해 경력을 모두 포기하고 집 안에서 육아와 가정생활을 돌보고 있다. 하지만 아이들이 어느 정도 자라고 나면 다시 직업을 찾으며 경제 활동을 원하는 경우가 많다. 이들을 경력 단절 여성이라고 부르는데 나는 경력 보유 여성이라고 부르는 것이 타당하다고 생각한다. 비록 다양한 이유로 직장을 그만두었지만 잠시 쉼표를 찍는 시간을 갖는 것이고 자신의 또 다른 삶을 준비하는 중이라고 생각한다. 만약 여건이 허락한다면 본인에 대한 개발을 멈추지 않고 나중에 직장 생활이나 자원봉사 등 사회생활을 할 수 있도록 미리 틈틈이 직업상담사뿐만 아니라 어떠한 자격증이나 기술 등을 준비하는 것도 좋을 것 같다.

# 직업상담사 취득 준비생을 강의하는
## 강사들의 강사

✳

2000년, 직업훈련기관에서 직업상담사를 의무 채용해야 하는 법이 생기기 훨씬 이전부터 직업상담사 업무를 했다. 5년을 넘게 직업상담 업무를 하던 2005년경부터 직업훈련기관에서는 직업상담사를 의무 채용해야 하는 법이 생김에 따라 전국적으로 직업상담사에 대한 수요가 폭발적으로 증가했다.

그 당시 나는 직업상담 경력이 5년 이상이어서 자격증을 취득하지 않아도 직업훈련기관에서 근무할 수 있었다. 하지만 직업상담 업무를 하는 사람은 직업상담사 자격증이 반드시 있어야 한다고 생각했다.

그러나 자격 취득을 위해 공부를 할 수 있는 정보를 쉽게 구할 수 없어서 인터넷 카페를 통해서 학습 자료를 구하고 독학으로 공부를 시작했다. 그 당시 카페를 통해 알게 된 운영진들의 도움은 지금도 마음에 새기고 있고 항상 고맙게 생각한다. 하지만 시험에 대한 데이터가 별로 없는 초기이기에 시험에 대해 학습 방법이나 자료 등에 대한 정보를 정확히 얻을 수 없었다. 그럼에도 불구하고 1차 시험은 비슷한 기출 문제

MEMO

나 관련 책들을 분석하며 꼼꼼히 공부해서 쉽게 합격했다.

하지만 2차 단답, 서술형 시험은 안개 속을 걷는 것처럼 명확하지 않아 쉽게 접근할 수조차 없었다. 나름대로 열심히 준비하고 공부했음에도 불구하고 처음 2차 시험을 보고 떨어졌다. "실패는 성공의 어머니다."라는 말을 떠올리며 다시 공부했다. 얼마 되지 않는 기출 문제들을 최대한 분석하고 관련 자료들을 수집하며 나만의 학습 노트와 방법을 개발했다.

직업상담사 자격증을 취득하는 사람들은 대부분 40대 이후이다.

그 나이에는 인정하고 싶지 않지만 어린 학생들처럼 암기력이 좋을 수 없다. 비록 40대는 아니었지만 세 명의 아이를 낳고 기르며 암기력이 나빠진 나는 암기력이 아닌 연상 방법과 나이로 인해 얻은 삶의 지혜를 접목한 학습 방법으로 시험에 합격해 직업상담사 자격을 취득했다. 아마 그때 사용한 볼펜이 100자루를 넘었고 A4 용지는 리어카 한 대 분량은 되었을 듯하다.

나는 그 후 직업상담사 자격증을 취득하려고 하는 후배에게 나처럼 자료가 없고 공부 방법을 몰라 헤매거나 포기하지 않게 하려고 나의 공부 방법 및 자료를 공유해 줬고 그들은 수월하게 자격증을 취득할 수 있었다. 또한 학원에서 강의할 때 나는 1차는 이해 위주로 강의했고 2차는 교육보다는 암기와 쓰기를 연습시켰다.

"학습의 정착은 반복이다. 반복만이 직업상담사 합격 자격

증을 준다."라고 말하며 무조건 리어카 한 대 분량의 A4 용지에 학습 내용을 써야 합격한다고 공부하는 이들에게 권했다. 합격률은 50% 이상으로 높았다. 합격률이 50%라고 하면 아마 독자들은 너무 낮은 거 아니냐고 반문할 수도 있다. 하지만 직업상담사 자격 취득을 하려고 공부해 본 사람들은 안다. 직업상담사는 1년에 2번 시험을 보는데 보통 합격률이 30%를 넘지 못한다.

간혹 직업상담사 자격을 취득하고 직업상담사를 배출하는 강사가 되고 싶다고 찾아오는 이들도 있다. ○○도 ○○시에서 명강사로 근무하는 그도 그런 경우였다.

직장에서 갑자기 실직하고 우연한 기회에 직업상담사의 미래가 괜찮을 것 같아 공부하다 보니 예전 직장에서 직원들을 상대로 강의한 이력을 살려 본인도 강사가 되고 싶다며 진지하게 상담을 요청했다. 나는 그동안 강의하며 만들었던 자료와 많은 전문적인 지식은 물론 강의와 상담 기법 등 아낌없이 모두 가르쳐 주었다.

이렇게 배출한 강사가 열 명이 넘는다.

여전히 훌륭한 강사로서 일한다는 그들의 소식을 들으며 내가 닦아 놓은 길을 잘 따라 걷는 그들이 대견스럽다.

# 파혼 후 찾은 평생직장
## 그리고 사랑

＊

오랜 시간 동안 직업상담사로서 많은 사람을 만나고 이야기를 들으며 소통하고 살았다. 그러다 보니 자연스럽게 직업상담사에 대해 문의하러 상담실 문을 두드리는 소리를 듣는 순간부터 처음 봤을 때 몇 초의 인상과 느낌만으로도 마치 관상 공부를 한 전문가처럼 상대방의 살아온 세월과 사연을 알 것 같고 대화를 나누다 보면 대부분의 예측이 맞아 스스로 놀랄 때가 많다.

세련되고 지적인 느낌의 나이가 조금 있어 보이는 여성은 내 예측을 벗어난 사연을 말했다. 여성은 아는 사람의 소개로 한 남자를 만났다.

얼마 되지 않아 남자가 결혼을 원했고 조금 늦은 나이의 결혼이기에 직장으로 인한 주말 부부 생활을 하기보다는 '남편과 같이 살아야지.' 하는 생각으로 직장을 그만두었다. 하지만 결혼 준비 과정 중 남자가 얘기한 모든 것이 거짓인 것을

알게 되어 결국 파혼하고 그 과정에서 겪은 일들로 인해 사람에 대한 불신과 정신적인 충격으로 대인 기피증까지 생겼다.

　다시 직장을 알아보며 취업하려고 했지만 쉽지 않아 무작정 직장을 찾기보다는 '자격증이라도 취득하면 어떤 기회라도 오겠지.' 하는 생각으로 여러 자격증을 알아보던 중, 직업상담사 자격증이 앞으로 미래 전망도 밝고 자신이 공부하기에도 적합할 것 같아 찾아왔다고 했다.

　역시 나의 눈은 정확했다. 그녀는 한 번에 자격증을 취득했다.

　성실하고 근면한 모습으로 열심히 노력하고 공부하는 그녀를 보면서 공무원이 적성에 맞을 것 같다고 말하며 이왕 공부를 시작한 김에 공무원 시험을 보는 것도 좋을 것 같다고 권했다. 그녀는 공부하면서 자신이 이렇게 공부에 재미를 갖게 될 줄은 몰랐다면서 한번 도전해 보겠다고 했다. 공부하며 대인 기피증에 대한 문제도 스스로 극복했다. 그런 그녀가 기특해서 경력직 공무원에 대한 정보를 알려 주었고 내가 공부했던 많은 자료를 공유하며 시험 준비를 도와주었다.

　1차 시험 합격 후 면접을 준비하는 과정에서 면접 코칭까지 해 주었다.

　내가 만든 예상 질문지와 답변을 주고 어떤 질문에 어떻게

답하는 것이 좋은 답인지에 대해 알려 주고 말하는 방법, 자세, 태도 등 하나하나 코칭해 주었고 그녀는 열심히 따라서 연습했다. 드디어 면접을 보러 가서 면접관이 질문을 했을 때 내가 가르쳐 준 질문과 너무나 똑같은 문제들이 나와서 속으로 많이 놀랐다며 나한테 앞을 내다보는 신통력이 있는 건 아니냐고 물었다.

그녀는 쉽게 공무원 시험에 합격한 후 지금은 ○○구청에서 유능한 공무원으로 근무하고 있다. 뿐만 아니라 멋진 남자 친구를 만나 과거의 모든 힘든 일을 잊고 잘 지내고 있다.

그녀가 나에게 물었던 신통력은 신통력이 아니라 오랜 경험을 통해 축적된 지혜와 지식이라는 것을 언젠가 알게 될 것이다.

살아가다 보면 인생은 새옹지마(새옹의 말, 변방 노인의 말처럼 복이 화가 되기도 하고, 화가 복이 될 수도 있음)라는 생각이 든다.

처음 시작이 나빴다고 모든 결과까지 나쁘지는 않을 때가 많다.

만약 그 여성이 직장을 그만두고 그대로 속아서 결혼했다면 어쩌면 지금 힘든 결혼 생활로 생각할 수도 없는 어려운 시간을 겪고 있을지도 모른다. 당연히 직업상담사 자격증도 못 가졌을 것이고 많은 사람이 선망하는 직업인 공무원으로 근무

하며 좋은 인연을 만나지도 못했을 것이다.

누구나 살면서 힘든 일들을 겪는 시기가 있지만 그렇게 넘어진 순간 잠시 호흡을 가다듬으며 주변을 살펴보다가 툭툭 털고 일어나 다시 앞으로 나아간다면 어쩌면 한 걸음 앞에 진짜 행복한 미래가 펼쳐질지 누가 알겠는가!

# 칠십에 다시 세운
# 인생의 꿈

✳

칠십을 넘으신 어르신이 오셨다.

정년퇴직 후 그동안 직장 생활 중 따 놓은 공인중개사 자격
증으로 부동산 사무실에 소일거리 삼아 출근했는데 누군가
에게 무엇인가를 소개하고 파는 일이 본인 적성에 맞지 않아
그만두셨다고 했다.

무료한 시간을 보내기 위해 매일 가까운 근교 산으로 등산
을 다녔지만 재미도 없고 동창들과 여행을 다니기도 하고 점
심을 같이 먹고 차를 마셔도 시간이 멈춘 듯 삶이 지루하고
허무한 나머지 우울증까지 생기셨다. 지금은 인생에 아무런
낙이 없고 이제는 죽을 날만 기다리는 산송장 같다고 한탄하
셨다. 주차원이나 경비 일이라도 하며 나름대로 의미 있는 노
동을 하고 싶은데 나이가 많다는 이유로 서류조차 낼 수가 없
다며 사는 게 지겹다고 하셨다.

이 일을 하다 보면 정도와 경우는 차이가 나지만 우울증과

무력감을 가지고 사는 분들을 많이 만나게 된다. 직업상담사에게 꼭 필요한 공부 중 하나가 심리학이라고 생각한다. 만약 직업상담사 자격을 갖고 있고 관련 분야의 일을 하고자 하면 가능한 한 심리학 공부를 하라고 권하고 싶다.

칠십이 넘으신 어르신의 심리 상태에 관한 이야기를 경청한 후 조금 평정된 마음을 되찾으셨기에 그제야 어떤 일을 어떻게 하고 싶으시냐고 물었다. 예전 대기업에 다니실 때 주로 하신 업무가 상담 쪽이었다며 어르신은 상담하는 일은 자신이 가장 자신 있고 잘하는 일이라고 하시며 직업상담사 자격증 취득 공부를 해서 직업상담을 하는 게 남은 삶의 마지막 꿈이라고 하셨다. 직업상담사 자격증 취득 공부가 외워야 하는 양도 많고 시험 출제 난이도도 높아 젊은 사람들도 여러 번 떨어지고 중간에 포기하기도 하는데 공부하시다가 정신적, 육체적 건강에 무리가 올까 걱정이라며 한 번 더 생각해 보시고 그래도 하시겠다면 도와드리겠다고 했다.

어르신은 바로 다음 날 아침 일찍 학원으로 오셨다.
살면 얼마나 산다고 그렇다고 얼마를 살지도 모르는데 칠십에 세우는 꿈일지라도 그래도 결과는 어떨지 모르지만 살아보니 과정도 중요한 일이라며 모든 사람의 결과는 다 죽음에 이르는 건데 사는 동안 공부를 하는 것이 사는 의미도 있고

헛되이 시간을 보내지 않는 일이라며 철학자 같은 말씀을 하시고는 어려워도 도전하겠다고 하셨다.

子曰(자왈): "學而時習之, 不亦說乎(학이시습지, 불역열호)?"
공자께서 말씀하셨다.
"배우고 익히면 이 또한 기쁘지 아니한가?"
『논어』「학이」 편에 나오는 말을 떠올려 본다.

나 역시 이 말씀을 좌우명으로 삼고 늘 배우는 일을 멈추지 않고 살려고 노력 중이기에 어르신의 마음을 충분히 이해할 수 있다.

그 후 어르신은 배우는 기쁨을 몸소 실천하시며 보여 주셨다. 눈이 오나 비가 오나 일찍 학원에 오셔서 가장 앞자리에 앉아 변함없는 모습으로 공부하셨다. 처음 오셨을 때 걱정했던 나의 염려가 기우였음을 증명하듯 1년의 공부 후 드디어 자격증을 취득하셨다. 스스로가 대견하고 자랑스러워서 거실 중앙에 자격증을 걸어 놓고 핸드폰 사진도 자격증으로 꾸미셨다며 자랑스럽게 보여 주셨다.

직업상담사 자격 취득을 하기 위한 공부 과정이 어려운 만큼 자격증을 취득하면 성취감도 커서 힘들었던 만큼 스스로에 대한 자신감과 자존감도 높아진다.

칠십에 공부를 시작해서 1년 후 자격증을 취득한 것도 정말 훌륭하고 박수를 받을 만한 일인데, 그 후 어르신은 노인 일자리에 관한 상담을 하며 삶의 보람을 느끼고 가는 세월이 아깝다며 칠십에 세운 꿈을 실천 중이시다.

그 어르신을 보며 칠십 무렵의 내 미래의 모습을 그려 본다.

나 또한 나의 꿈을 위해 늘 배움과 도전을 멈추지 않을 것이다.


100세 시대를 준비하며 그때도 여전히 찬란한 나를 위해 나는 지금도 배우며 익히며 그리고 이렇게 쓰고 있다.

# 어머니를 울린
# 명문대생 아들

\*

고 3을 앞둔 아들은 공부를 아주 잘해서 담임 선생님과 상담하니 국내 2, 3위를 다투는 서울에 있는 대학은 거뜬히 합격할 수 있을 것 같다고 했다. 그녀는 다니던 공무원을 퇴직하고 본인이 직접 아들 등하교를 시키고 뒷바라지하면 서울에 있는 국내 1위 국립대는 충분히 갈 수 있으리라는 확신이 들어 다니던 ○○○시청을 과감하게 그만두었다. 그렇게 퇴직 후 고 3인 아들을 위해 새벽에는 기도를 드리고 아침저녁 반찬을 달리 해서 학교로 따뜻한 도시락을 가져다주며 지극 정성으로 아들을 챙겼다.

하지만 아들은 1위 대학이 아닌 2, 3위 대학에 갔다. 화가 난 그녀는 아들에게 지난 1년간 헛짓했다며 억울한 마음을 말했다.

엄마는 좋은 직장을 그만두면서까지 너를 뒷바라지했는데 너는 그런 공도 하나 없이 결국은 처음부터 갈 수 있던 그 대학에 들어갔냐는 말을 했더니, 뜻밖에도 아들은 엄마한테 직장을 그만두면서까지 뒷바라지를 해 달라고 하지 않았고 직

장 그만둘 때 자기 의견을 묻기는 했냐며 솔직히 직장에 다니던 그때의 엄마가 더 좋았다고 말을 했다. 그녀는 기가 막히고 당황스러웠고 아들을 위해 한 일들이라고는 하지만 아들 말이 틀리지도 않아 어디에다가 하소연을 할 수도 없어서 모든 의욕을 잃어버린 사람처럼 한 달이 넘도록 집에만 있었다.

그러던 어느 날 이러다간 우울증에 걸려 안 좋은 생각까지 할 것 같아서 일자리를 구하기로 했다. 하지만 일자리를 구하려고 하니 공무원 생활 몇십 년 한 것 이외에 가지고 있는 자격증도 없고 그동안 헛살아 온 것 같아 자책만 하고 있는데, 우연히 방송에서 미래의 유망한 직종 중 직업상담사가 있다는 것을 알게 되어 혼자 공부하기 시작했다.

그리고 1차 시험은 거뜬히 합격했는데 2차 시험은 혼자 공부하기가 어려워서 학원을 찾아온 것이라고 했다. 그녀는 2차 시험 대비반의 강의를 등록했다. 첫 강의에서 답안 작성하는 방법 등을 설명한 후 기출 문제 시험을 봤는데 그녀는 정답을 정확하게 작성했다. 나는 그녀에게 학원 등록비를 환불해 줄 테니 집에서 혼자 공부하라고 했다. 그녀는 그런 나를 뚫어지게 쳐다보더니 본인이 뭐 잘못한 것이 있냐면서 의아하게 여겼다. 나는 강의를 들을 필요도 없이 선생님은 지금처럼 혼자 공부해도 충분히 이번 시험에 합격할 거라고 말하며 괜히 학원비를 낭비하지 말라고 했다. 그런 내가 어이없었는지 그녀는 학원생을 받아야 원장님도 학원을 운영할 테고 본

인도 이번에 무조건 합격하고 일자리를 가져야 하니 수업을 듣게 해 달라고 간곡히 원했다.

하지만 나는 내가 가르치지 않고 혼자 공부해도 충분히 합격할 수 있으니 합격하고 그때 차 한잔 마시러 오라고 하며 단호히 거절했다. 그달 말 시험 결과 발표 시 그녀는 높은 점수로 합격했다. 그녀는 따뜻한 만두를 들고 학원에 왔다. 한두 번 만남으로 마치 오래된 친구인 양 살갑게 본인이 합격할 줄 어떻게 알았냐고 묻기에 나는 답안 작성 시 질문에서 요구하는 단어와 전달력 있는 답안을 보면서 충분히 합격을 예측할 수 있었다고 말했다.

그녀는 나에게 일자리 상담을 원했다. 공무원으로 근무한 경력과 사업 계획서 작성 능력까지 모두 갖췄으니 공무원으로 다시 취업하는 것이 좋을 것 같다고 말하며 앞으로 수시로 워크넷에 들어가서 채용 공고를 보라고 권했다. 그 후 나는 그녀의 자기소개서 및 면접 코칭을 진행했고 그녀는 당당히 계약직 공무원에 합격해서 ○○시에서 직업상담사로 근무하고 있다.


자식을 위한 부모의 희생을 자녀들이 몰라 줄 때가 많다.

나 또한 자녀이기도 하고 엄마이기도 하기에 양쪽 모두의 상황이 이해된다.

이러한 사연을 접할 때 나는 자식을 위해 모든 걸 희생하려는 마음과 행동도 중요하지만 100세 시대를 대비하여 우리의 노후와 미래를 위한 삶을 하루라도 젊을 때 준비하는 것이 더 중요하다고 강조한다.

MEMO

# 나의 답은
# 직업상담사이다

✻

직업상담사 자격증이 생기기 전부터 직업훈련학교에서 직접 상담사로 근무했다. 아무리 편하고 잘해 준다고 해도 서로 어려운 관계일 수밖에 없는 시아버지, 시어머니를 모시고 살면서 온종일 어린이집에서 나를 간절히 기다리는 여섯 살과 돌 지난 아들을 등원시키며 돌보고 식사 준비를 비롯한 청소와 빨래 등 온갖 집안일은 온전히 주부인 내 몫이었다. 시부모님과 같이 사는 까닭에 전형적인 옛날 남자인 애들 아빠의 도움은 기대할 수조차 없었다.

2005년부터 직업훈련에 관한 법이 강화되면서 직업훈련기관은 직업상담사 자격증 소지자를 의무적으로 고용해야 했다. 물론 나의 경우 수년간 직업상담사로 근무해 자격증 시험을 따로 보지 않아도 괜찮았다. 하지만 자격증을 취득해야 어떠한 여건에서도 흔들림 없이 근무할 수 있고 장기적으로 볼 때도 자격증을 취득하는 것이 답이라고 생각했다. 자격증 시험을 준비하기로 결심했을 무렵 셋째를 임신한 상태였음에

도 불구하고 나는 공부에 매진했다. 직장 생활을 하며 살림과 두 아들을 키우는 임산부로서 1인 4역 그 이상의 힘든 주변 여건 속에서 시험 준비를 하려니 절대적으로 시간이 부족했다. 그 상황에서 가장 효율적으로 시간을 사용해 공부하려고 노력하며 체계적이고 능률적인 학습 방법을 습득하며 독학으로 공부했다.

점점 불러 오는 배의 크기만큼 나의 지식도 내 안에 빵빵해지리라 믿으며 하루하루 시간을 쪼개고 체력의 한계를 극복하며 공부에 매진했다.

드디어 셋째 딸을 낳았다. 셋째를 낳은 첫날부터 제대로 산후조리를 할 겨를도 없이 초등학교에 다니는 큰아들과 유치원생인 둘째 아들을 돌보며 금방 태어난 딸아이를 한 손으로 안고 모유를 먹이며 다른 손으로 책장을 넘기며 공부했다. 지금도 손목이나 허리가 시큰거리고 아프면 그때 산후조리를 제대로 하지 못해서인가 싶지만 그래도 소중한 딸과 직업상담사라는 자격증을 얻었기에 다시 그 시절로 돌아간다 해도 나는 똑같은 선택을 할 것이다.

배 속부터 직업상담사 공부를 해서인지 이제 중학생인 딸은 나중에 직업상담사가 되겠다고 한다. '임신 중에 했던 직업상담사 공부가 딸아이의 머릿속에 지금까지도 남아 있기를 바

라는 건 욕심이겠지.' 생각하며 딸의 말에 웃음으로 답을 대신한다. 직업훈련학교에서 근무하며 절실히 취직을 원하는 사람들을 수없이 보며 직업상담사 자격증을 내가 먼저 취득한 후 전문적인 지식과 여건을 갖추고 그분들이 직업을 택하는 일에 조금이라도 도움이 되고 싶은 간절한 마음이 있었기에 몸이 상하는 줄도 모르고 공부하고 합격 통지를 받았던 그날!

드디어 내 손안에 직업상담사 자격증이 놓였다.
마치 또 다른 자식을 얻은 양 기쁘고 감개무량한 순간!

직업상담사 자격증을 취득하려고 마음먹고 공부를 하는 중이라는 분들을 상담하다 보면, 많은 분이 여러 번 시험에 떨어졌다며 기분 상해한다. 합격하기가 너무 어려워서 더는 못 하겠다며 이제 포기했다고 말하는 분들도 있다. 그런 분들에게 말썽꾸러기 아들 둘을 키우며 시부모님을 모시고 직장 생활을 하며 막내를 임신하고 낳고 모유 수유를 하며 산후조리도 제대로 못 하고 공부해서 합격했다고 하면 다들 놀라며 천재냐고 한다. 천재가 아니라고 하면 무슨 다른 방법이 있는지 비법을 알려 달라며 도움을 청하는 경우가 여러 번 있었다. 그런 질문과 도움 요청이 반복되다 보니 그분들에게 실질적인 도움이 되는 구체적인 방법을 가르쳐 주고 싶은 마음이 생

졌다. 나와 같은 꿈을 갖고 미래를 향해 고민하는 많이 이와 꿈을 나누기 위해 다니던 직업훈련학교를 그만두고 직업상담사 전문 학원을 개원했다.

직업상담사 자격시험은 일반 자격증보다 몇 배의 공부와 준비가 필요하기에 일반 자격증처럼 생각하고 슬렁슬렁 공부하면서 자격증을 취득할 수 있겠거니 여기며 섣불리 시험 접수를 하는 사람들의 수에 비해 합격률은 아주 저조하다.

하지만 내가 공부한 방법을 체계화해 학생들을 가르치니 많은 학생이 쉽게 공부하며 시험에 합격해 자격증을 취득했다. 다른 곳에서 공부하는 것보다 합격률이 월등히 높으니 합격비법을 알려 주고 취직까지 시켜 준다는 소문이 나서 학원은 매 기수 개설과 동시에 정원이 금방 마감되었고 대기자까지 생겼다. 정말 다행스러운 일은 내가 가르쳐서 자격증을 취득한 분들이 시험 합격 후 바로 공공 및 민간 기관으로 취업이 되어 취업률까지도 아주 높았다. 내가 시험 준비를 할 때만 해도 많은 물질과 시간을 투자하고도 효율적으로 배울 수 있는 여건이 형성되지 않았다.
그래서 어렵게 독학으로 공부하고 합격하기도 쉽지 않았는데 지금은 직업상담사 자격시험을 준비하는 학생들을 위해 국가에서 지원하는 프로그램도 많아지고 축적된 정보도 널

리 공유되어 안정적이고 좋은 여건에서 자격증을 취득할 수 있다.

직업상담사를 양성하는 일을 3년쯤 하다 보니 민간보다 공공 기관에서 실업자를 위한 맞춤형 정책을 적극적으로 할 수 있다는 것을 알게 되었고 직업상담사가 공공 기관 중 고용노동부에서만 근무할 것이 아니라 전국 자치 단체에도 배치되어 국민 곁에 밀접하게 다가서는 직업상담 정책이 필요하다는 생각이 들었다.


2012년 ○○시 ○○구청에서 비정규직 직업상담사를 채용한다는 공고를 보고 그동안 학원을 경영하며 가지고 있던 모든 기득권을 내려놓고 비록 비정규직이지만 그래도 내가 쌓았던 모든 역량을 발휘할 수 있으리라는 생각으로 지원해서 합격했다.

공직에 입문하여 수많은 민원인을 만나며 그분들이 취직을 위해 노력하며 겪었던 힘든 일들과 희로애락을 같이 겪으며 그분들의 절실함과 온갖 사연을 경청하고 해결하는 과정을 함께하며 울고 기뻐하면서 직업상담사로서의 소명감과 앞으로 나아갈 동력을 얻었다.


이미 직업상담사 자격을 취득하고 취직하였거나 직업을 구하면서 직업상담사만이 겪는 일과 역할의 한계로 인해서 고

민하는 모습을 보고 직업상담사 선배, 후배 간의 연결을 통해 다양한 상담 방법을 나누고 정보를 교환하며 서로 발전할 수 있는 단체의 필요성을 느끼고 '사단법인 한국직업상담사진흥협회' 창립을 주도하여 설립했다.

직업상담사 자격이 생기고 이십여 년이 지났음에도 불구하고 직업상담사에 대한 낮은 인지도로 인해 일반 사람들에게 직업상담사라고 말하면 보통 사람들은 직업소개소에서 근무하는 직원 정도로 생각했다.

공직에 있으면서 기업체로 출장을 나가 업무 협조를 요청하며 직원 채용 계획, 직원들에 대한 급여나 복지 등에 대하여 모니터링과 자료 수집 업무를 할 때 기업체 사장님들조차도 직업상담사에 대해 의구심을 품는 분이 많았다.

어떤 행사장에서 만난 지역을 대표하는 분에게 '직업상담사 조희수'라고 적힌 명함을 드리니 직업상담사가 어떤 상담을 하는 거냐고 물어보며 처음 듣는다고 하기도 했다.

이러한 일들을 공직에 있는 나는 물론이고 다른 일반 기관에서 근무하는 직업상담사들도 겪는다는 이야기를 들으며 직업상담사에 대한 홍보와 인식 개선이 필요하다고 생각했다. 이러한 내 생각에 직업상담사 자격을 갖고 업무를 하는 많은 분이 동감하며 본인들의 애로 사항 등을 나누는 과정 중에 직업상담사의 역할과 우리 직업에 대한 인식 제고와 홍보 및 권리 보장 등을 위해 전국적인 직업상담사 연대가 필요하

다고 의견을 모았다.

한 명 한 명의 작은 마음들이 모이다 보니 '사단법인 한국직업상담사진흥협회'를 창립하는 큰일을 이루어 냈고 그 과정 중 만장일치로 초대 회장으로 추대되어 직업상담사들의 역량이 향상되도록 노력했다.

협회 활동을 통해 ○○○구청 비정규직 직업상담사를 시간 선택제 공무원으로 직급 전환하여 안정적인 업무 수행을 할 수 있도록 했고 ○○○구청의 경우 비록 비정규직이지만 지속적인 근무가 가능하도록 노력했다.

특히 직업상담사의 역량 강화를 위해 한국기술교육대학교 능력개발교육원 및 한국고용정보원과 협업을 했다. 이런 연대를 통해 우리나라의 고용률을 높이기 위해 노력했으며 더불어 직업상담사 개개인의 역량 향상 및 처우 개선 등 다양한 통로를 통해 외연을 확장했다. 또한 실업자의 고용률 향상과 직업상담사의 다양한 상담 기법 습득과 권리 향상을 위해 노력하며 지면을 통해 그 사실을 알렸다.

2014년에는 이효리, 문소리, 홍진경 등이 진행하는 「매직 아이」라는 프로그램의 작가에게 연락이 왔다. 방송 종영에 따라 실업자가 된 이효리 씨의 미래 직업에 대한 자문을 얻는 프로그램을 진행하고 싶다고 했다. 직업상담사란 직업과 역할에 대해 알리는 좋은 기회라고 생각해 응했지만 아쉽게도

방송국의 여러 가지 내부 사정으로 기획 단계에서 실행까지 연결되지는 못했다.

몇 년 동안 나조차도 비정규직 직업상담사로서 민원 업무를 처리하다 보니 비정규직으로 직장을 계속 옮겨야 하는 분들이나 직업을 얻고자 하지만 쉽게 취직을 하지 못하는 분들을 도울 수 있는 데 한계가 느껴졌다.

나는 정규직 공무원이 되어 그분들을 위해 내가 할 수 있는 일을 더 잘해야겠다는 결심을 하고 정규직 공무원이 되기 위해 시험을 준비했다. 준비 후 첫해 시험에서 합격하지 못했다. '그래 처음이니까 다시 해 보는 거야.' 했다. 다음 해에 또 떨어졌을 때는 '그래, 더 열심히 준비하면 내년에는 분명히 합격할 수 있을 거야. 인생은 삼세판이라잖아.' 하며 몇 점 차이로 떨어진 점수를 아쉽게 생각했다.

정규직 공무원이 되어 하고 싶은 일을 머릿속에 상기하며 언젠가는 반드시 합격할 수 있다는 긍정적 자기 암시를 수시로 했다. 공무원 시험 준비와 동시에 사회복지사 1급 자격증 시험도 준비하는 등 늘 책과 함께 생활했다. 사회복지사 1급을 따기 위해 10년이란 시간 동안 공부하고 기다렸다. 물론 공부만 할 수 있었다면 그 시간이 단축될 수 있었겠지만 나는 나의 여건이 허락하는 한 최선을 다해 틈틈이 짬짬이 공부했다. 그렇기에 두 번쯤 공무원 시험에 떨어진 것이 나를 포기

하게 만들지는 못했다.


　독일 심리치료사인 롤프 메르클레는 "천재는 노력하는 사람을 이길 수 없고 노력하는 사람은 즐기는 사람을 이길 수 없다."라는 말을 했고,
　공자는 "아는 사람은 좋아하는 사람만 못하고 좋아하는 사람은 즐기는 사람만 못하다."라는 말을 했다.


　10년 만에 사회복지사 1급을 따고 나서 나는 한참을 하늘을 향해 웃었다. 나는 공부를 좋아하고 노력했다. 그리고 진심으로 즐겼다. 10년 만에 취득한 사회복지사 1급은 공부를 즐긴 내게 달콤한 열매였다.


　지난 나의 시간은 늘 일하고 공부하고 시부모님과 함께 사는 주부로서,
　아들 둘과 딸 하나를 키우는 엄마로서,
　비정규직 공직 직업상담사로서,
　업무를 수행하면서 보낸 시간들이었다.
　그 시간 동안 얻은 나의 공부의 결과물들과 쌓이는 경력만큼 나도 자라고 더불어 아이들도 잘 자라 주었다.


　배우 윤여정이 ○○○ 프로그램에서 "선생님은 과거 젊었을

때, 언제로 돌아가고 싶으세요?"라는 출연진의 물음에 "젊었을 때 고생을 너무 많이 해서 과거로 돌아가고 싶지 않아."라고 웃으며 대답하고 "나 너무 힘들게 살았나 봐." 하며 곧바로 눈물을 흘리는 모습을 보면서 나 역시 "다시 돌아가라 하면 싫어요. 난 못 가요. 비단옷 꽃길이라도…."라는 노래의 가사가 떠올랐다. 그때로 돌아가라 하면 다시 돌아가서 해낼 수 있을까? 나도 윤여정 선생님처럼 다시 돌아가고 싶지 않다.

하지만 다시 돌아가야 한다면 나는 직업상담사 자격증 취득을 선택할 거고 다시 또 공부하고 공직에 들어와서 치열하게 살아 낼 거다.

나를 아끼는 언니는 "너는 이번 생에 전생, 현생, 이생까지 삼생을 몽땅 살아 버리려고 작정하고 모든 열정을 다 바쳐 삶을 살아 내는 것 같아."라며 건강을 챙기라고 걱정한다.

나도 내가 이렇게 열심히 일하고 공부하며 세 아이의 엄마로서 삶을 살리라는 것을 이십 대까지만 해도 상상조차 하지 못했다.

「서른, 잔치는 끝났다」라는 시의 제목을 비웃듯이 나는 서른을 기점으로 공부를 시작했고 직업상담사, 사회복지사, 석사 등등의 자격을 얻고 공부의 결과물들을 얻었다. 이십 년 이상의 시간을 직업상담사로서 시민들과 눈높이를 맞추며

비정규직으로 공직 생활을 이어 가며, 정규직 공무원이 되기 위해 시험 준비를 하는 몇 년 동안 중간에 포기하고 싶은 마음도 생겼었지만 포기하지 않았다.

드디어 2021년 ○○○시 9급 공무원 시험에 합격해서 현재 근무하고 있다.

'합격'이라는 글자를 보고도 믿어지지 않았다. 매일매일 수시로 시험에 합격한 나의 모습을 상상하며 포기하고 싶은 나를 스스로 다독이며 생활했었기에 '합격'이라는 글자를 확인하고도 꿈인가 싶었다. 임용장을 받으러 ○○○시 청사에 들어서 임용장에 새겨진 '조희수'라는 이름 석 자를 보며 그제야 '아! 진짜 현실이구나.'라는 생각이 들었다. 오죽하면 나는 임용장을 받고 나서야 가족들에게 알렸다. 혹시 '상상 임신'처럼 불합격인데 합격한 걸로 혼자 착각한 걸까 싶어서.

공무원 9급 초봉에 관한 기사를 본다. 200만 원이 안 되는 2022년 최저 시급 9,160원에도 못 미치는 금액, 평생직장이 보장된다는 '철밥통'이라는 말도 연금이 높다는 말도 실제 공무원 생활을 해 보면 '빛 좋은 개살구'라는 걸 임시직 10년의 생활로 이미 잘 알고 있다. 그럼에도 불구하고 왜 9급을 오십이나 먹은 아줌마가 기어코 그렇게 피 말리는 여건 속에서도 공부하며 합격했냐고 묻는다면 나는 대답할 것이다.

"흔들림 없는 직업상담사 조희수의 꿈! 오롯이 국민의 취업과 기업 활성화를 위해 최선을 다해 살아가고 싶습니다."

국민과 희로애락을 함께하며 단 한 건의 민원이라도 해결하고 그분들에게 도움이 되어 좋은 결과를 얻었을 때 느끼는 기쁨은 '직업상담사 조희수'로 내가 존재하는 이유이며 그 속에서 삶의 의미와 보람을 찾을 수 있다.

하지만 나는 "오십에 공무원 시험에 합격했다."라는 나의 합격기를 미화하기 위해서 이 이야기들을 하려는 게 아니다. 그동안 같이 웃고 울며 보람과 안타까움을 느꼈던 직업상담사로서 일에 관한 이야기를 같이 나누고 싶은 마음이 간절한 까닭이다. 글재주가 없음이 염려스럽지만 '진실함'으로 그 모든 부족함을 덮을 수 있을 거라는 믿음으로 용기를 내어 치열하게 살았고, 살고 있는 과거와 현재의 경험을 말하고 우리의 미래를 함께하며 누군가에게는 힘이 되었으면 좋겠다는 생각을 가지고 글들을 이어 간다.

어떤 직업과 직장을 선택할지 방향을 잡지 못하는 분들이 있다면 이 글들로 인해 누군가는 용기를 얻고 누군가는 본인의 미래를 준비하고 누군가에게는 조금이라도 도움이 되었으면 좋겠다.

그분이 직업상담사 자격증을 갖고 계시든,

직업상담사 시험을 준비하시든,

이 글을 통해 처음 '직업상담사'라는 직업이 있다는 걸 알게 된 분이라 할지라도.

# 전국 최초 일선 자치단체
# 직업상담사 배치로 경력 인정

○○시 등 타 지자체에서도 벤치마킹하여 운영 중

＊

직업상담사 업무를 하면서 새내기 직업상담사와 동병상련의 입장이 되어 같은 길을 걷고 있는 그들의 애로 사항과 문제점을 여러 가지 해결했다.

그중 가장 보람 있고 의미 있던 정책 중 하나는 전국 최초(만약 식당의 원조 타령 중 내가 원조, 진짜 원조, 원조의 원조 이렇게 이름을 붙인다면, "이 정책의 원조는 저 조희수입니다."라고 말 할 수 있는)로 직업상담사를 시나 구의 행정복지센터, 도나 군의 읍면동 등에 배치하여 새내기 직업상담사가 경력을 갖는 것에 대한 어려움을 해결하고 구인 사업체가 경력직 직업상담사를 쉽게 합리적으로 채용할 수 있도록 했다. 또한 민원인들은 일선 현장에서 바로바로 직업상담과 관련된 민원을 해결할 수 있도록 하는 새로운 정책을 제안한 것은 물론이고 사업으로 확정하여 정착시켰으며 타 지자체에도 보급한 것이다.

몇 년 전만 해도 다수의 공공 및 민간 기관에서 경력직 직업 상담사를 채용하려고 해도 정작 직업상담사 자격증을 가지고 있는 사람들이 많음에도 불구하고 경력직 직업상담사를 찾기 어려운 경우가 많았다.

반면에 새내기 직업상담사들은 직장을 구하는 일이 쉽지 않았다.

왜냐하면 대부분 기관에서 경력직 직업상담사 채용을 원하지만 경력을 쌓기 위해서는 선배 직업상담사가 업무를 가르치거나 전수할 수 있어야 하는데 일반 민간 기관에서 시간과 노력을 투자해서, 즉 직업상담사를 여러 명 채용해서 수습 기간을 두는 등의 일을 할 수 있는 여건이 쉽지 않기 때문이다. 그 당시는 자격증 취득 후 경력을 인정받을 수 있는 기관에 근무하여 경력을 쌓는 일이 구조적으로 쉽지 않았다.

직업상담사 자격증을 취득한 많은 분이 경력을 쌓을 마땅한 방법이나 장소가 없다며 어려움을 하소연했고 그분들을 돕기 위해 내가 할 수 있는 일이 무엇일까에 대해 여러 날에 걸쳐 고민하고 연구했다.

방법을 강구한 끝에 내가 근무하는 구청의 각 동 행정복지센터에 직업상담사를 배치해서 각 동의 민원인들이 쉽게 가까운 행정복지센터를 방문해서 직업에 대한 상담을 할 수 있도록 함과 동시에 직업상담사들에게는 직접 민원인들을 만나 다양한 직업에 대한 애로 사항 등을 청취하고 해결하면서

경력을 쌓고 이렇게 축적된 경험 등을 바탕으로 본인이 원하는 공공 기관이나 민간 기관에 다시 취업해 각자의 전문성을 발휘하며 일할 기회를 제공하는 것이다.

전국 최초의 정책이라 생각하지 못한 문제들이 생길 수 있고 채용 공고 홍보 부족으로 지원자가 몇 명이나 될지, 성과는 어느 정도가 될지 예측할 수 없어 정책이 통과되어 사업화된 후에는 제대로 잠을 잘 수도 밥을 먹을 수도 없었다.
하지만 모집이 끝났을 때의 결과를 보며 모든 걱정을 한순간에 떨쳐 버렸다. 23명의 직업상담사 채용 공고를 냈는데 무려 60명이 넘는 지원자가 접수했다. 높은 지원율에 관련 부서들 역시 놀라면서 새로운 정책과 사업에 대해 의구심을 갖던 직원들도 함께 기뻐해 줬다.

공정한 절차에 따라 드디어 각 행정복지센터에 직업상담사들이 배치되었다. 전국 최초로 추진하는 정책이라, 업무 지침을 숙지하는 일부터 민원인들을 상담하는 방법까지 일일이 새로 기획하고 구성하는 일이 쉽지 않았다.
하지만 내가 제안한 정책 사업이 전국 최초로 진행되는 중이라는 자부심과 치열한 경쟁률로 보여 준 사업에 대한 직업상담사들의 관심과 열정을 느꼈기에 더욱 열심히 관련 일들을 처리했다.

하지만 23명의 직업상담사에 대한 업무 처리 및 제반 사항까지 혼자 교육을 시키고 처리하려니 생각하지 않은 일들이 생겨 힘들었다. 대부분 직업상담사 자격시험을 통과하는 분들은 시험의 난이도가 높고 어렵기 때문에 일반적으로 사회에서 높은 경력을 갖고 각자 본인의 개성과 주관이 뚜렷한 분들이 많다. 게다가 나이도 사십을 넘는 경우가 많아서 상담 업무에 대한 전달이나 공유 시 본인의 감정을 표출하거나 주관적인 판단으로 업무를 처리하는 경향이 종종 나타나 이런저런 사건들이 자꾸 생겼다.

또한 공무원 동료도 아닌 연세 있는 분들과 같이 근무하며 생기는 어려움으로 인해 각 동 행정복지센터 공무원들의 불평과 애로 사항 해결까지 내 업무로 맡겨지니 정말 진퇴양난의 입장이 되어 힘겨울 때도 있었다.

어떤 분들은 컴퓨터를 잘 다루지 못하거나 공문 만드는 워드 작업을 하지 못하거나 업무가 너무 어렵다고 하소연하거나 민원인과 언성을 높여 민원인의 민원까지 또 다른 민원으로 내게 넘어오게 하거나 얼토당토않은 본인들의 업무를 하지 못하겠다고 회피해 내가 업무를 처리해야 하거나 연세와 사회 경험을 언급하며 오히려 나에게 항의하거나 가르치려고 하기까지 했다.


구민들을 위해 한 발 더 다가가는 행정을 하자는 마음과 같

은 직업상담사로서 새내기 직업상담사들이 앞으로 취직할 때 도움이 되고 직업상담자로서 실무 일을 할 때 시행착오를 덜 겪게 하고 싶은 마음으로 제안하고 채택되어 사업화된 정책으로 인해 나는 산 넘어 또 산처럼 해결해도 해결해도 쌓이는 업무에 내 발등을 내가 찍은 듯 힘들고 바쁜 시간을 보냈다.

하지만 그렇게 여러 일을 겪으며 경력을 쌓고 인정받으신 분들이 다시 고용복지플러스센터 및 민간 기관으로 90% 이상 재취업되는 모습을 보며 그동안 했던 모든 고생과 힘든 일이 봄 햇살에 겨울 눈 녹듯 말끔히 사라지고 보람과 자부심이 밀려왔다.

경력이 없는 새내기 직업상담사들이 직접 현장에서 일하기 전에 행정복지센터 등 일선 공공 기관에서 수습으로 일하고 업무 매뉴얼 등 관련 사항을 숙지하며 민원인들과 직접 업무를 하는 등 실질적인 경험을 통해 경력을 쌓을 수 있도록 하는 '동네방네 희망 잡기'는 그 후 ○○특별시, ○○광역시 및 ○○도에서도 벤치마킹하는 등 전국적으로 널리 알려지며 크나큰 성과를 얻었다.

처음 어떤 정책의 아이디어를 떠올리고 기획하기까지도 쉽지 않고 더군다나 그 정책이 사업화되어 실행되기까지 연결

되는 것은 여러 가지로 어려운 일인데 그 일이 큰 성과를 얻고 여러 단체에서 벤치마킹까지 하고 다른 지역의 정책으로 정착되어 가는 과정들을 지켜보며 그동안 힘들었던 일들에 대한 보상으로 여겨지며 벅찬 감동과 자긍심이 생겼다.

지난 시간을 돌아보면 민간 기관에서 직업상담사로 근무하며 나 스스로 잘 닦아 놓은 길을 버리고 비정규직인 직업상담직 공무원으로 근무하려고 결심했을 때 내가 공직에 들어와서 하고 싶었던 일 중 한 가지를 이루었다는 만족감으로 인해 그동안 겪었던 모든 어려움에 대한 위로가 되고 새로운 희망과 또 다른 꿈을 꿀 수 있는 계기가 되었다.

공직자로서 여러 업무를 하며 어렵거나 힘든 일이 있을 때마다 떠올리는 시 중 하나가 장석주의 「대추 한 알」이다.

> 저게 저절로 붉어질 리는 없다
> 저 안에 태풍 몇 개
> 저 안에 천둥 몇 개
>
> (후략)

내가 제안한 정책도 저절로 익지 않았다. 그 안에 태풍에 버금가는 천둥과 맞먹는 우리 공직자들의 땀과 노력과 열정이

있지 않고서는 그 정책들이 저절로 익어지지는 않는다.

　내가 심은 정책이라는 나무가 온전히 뿌리를 내려 전국적으로 더욱 확대되고 운영이 지속되어 많은 전문 직업상담사의 꿈을 꾸는 이에게 자양분을 주고 그 결과의 열매들이 모든 국민에게 골고루 나눠지기를 희망한다.

# 나의 스승님들

살아오는 동안 훌륭하고 좋은 스승님을 많이 만났다.

덕분에 자랐고 넘어져도 다시 일어설 수 있었고 다시 나아갈 수 있었다.

이 글에 나오는 세 분 모두 한 번도 직접 뵌 적이 없는 나의 스승님이시며 내가 존경하는 분이다. 혹자는 이렇게 말할지도 모른다. 직접 본 적도 배운 적도 없으면서 무슨 스승이냐고!

"정말 소중한 것은 눈에 보이지 않는 것일지도 모른다."라는 말을 떠올려 본다.

그분들이 남기신 업적과 특히 그분들이 쓰신 글을 읽으며 요즘 아이들이 실제로 학원에 가지 않고 인터넷 강의를 듣고 공부하며 인터넷 속의 선생님을 스승으로 여기듯 나 또한 오랫동안 그분들을 사모하고 존경하며 스승으로 모시고 있다.

광화문 광장에 서서 세종대왕님의 동상을 바라보며 속으로 감사의 인사를 올린다.

그렇다. 나의 스승님은 '세종대왕님'이시다.

수백 가지의 훌륭한 업적이 많지만 그중 단연코 최고는 한글을 창제하신 일이다. 한동안 중국어나 일본어 등 외국어를 배우려고 한 적이 있는데 그러면서 우리나라 한글이 얼마나 과학적이며 지혜로운지를 깨닫게 되었다. 만약 중국어로 글을 써야 한다면 얼마나 많은 한자를 외워야 할까? 만약 중국어로 핸드폰 톡을 하거나 문자를 보낸다면 얼마나 어려울까?

일단 중국어의 경우 한자를 배우고 쓰는 것 자체도 어려운데 한자를 쓰기 위해서는 한자의 음을 영어로 쓸 줄 알아야 한다. 그러니 영어와 어려운 한자 두 가지를 동시에 다 알고 있어야 한다.

중국의 유명한 남자 배우가 문맹이라고 본인을 소개한 적이 있는데 그 당시는 "설마…." 하며 믿지 않았었다. 하지만 중국어를 배우려고 시도해 보니 그 배우의 말이 사실이라는 것을 충분히 알 수 있었다.

중국에서 태어나 중국어로 말하는 것은 그리 어렵지 않을 수 있겠지만, 중국어로 수많은 획을 가지고 온갖 글을 사용하는 중국 글자를 쓰는 일은, 중국인이라고 해도 자음과 모음으로 과학적인 체계를 갖추어 쉽게 한글을 사용하여 쓰는 우리

나라 사람들처럼 쉽게 배울 수 있지 않다.

중국어는 쓰기는 물론이려니와 글자를 읽는 것조차도 어렵다. 한국에서 태어나서 배우기에 너무나 쉬운 한글을 자유자재로 쓸 수 있다는 것, 그것만으로도 충분히 행복한 일이라는 것을 중국어 공부를 하며 알 수 있었다. 우리나라의 IT 기술이나 반도체, 정보 통신 등의 기술이 세계에서 가장 우수한 이유가 한글 덕분이라고 생각한다.

현대는 속도전인데 우리는 그냥 자음, 모음만 컴퓨터나 핸드폰에 입력하면 되고 그 글자들조차 축약해서 쓸 수 있으니 다른 나라에 비해서 얼마나 빠르고 효율적이며 과학적으로 사용할 수 있는가!

한국에 태어난 걸 감사하게 되는 순간이 바로 읽고 쓰기에 쉬운 한글을 쓰거나 읽을 때이다. 물론 외국인들은 우리나라에 존댓말, 반말이 있어 어렵다고 하지만 그것은 외국인들이 느끼는 어려움이고 우리나라 대한민국에 태어난 나는 말을 하는 데 있어 불편할 일이 전혀 없고 쓰는 일은 다른 나라 글들에 비해 훨씬 쉬우니 참으로 다행이다.

세종대왕님이 없었으면 우리는 우리나라 글을 이렇게 쉽게 쓸 수 있었을까?

한글은 세계 어느 나라와도 비교할 수 없는 가장 큰 국가 경쟁력이라고 생각한다. 한글을 바탕으로 현재의 K-문화가 활짝 필 수 있었던 것이라고 믿어 의심치 않는다.

가끔 다가오는 미래를 어찌 살아야 하나 생각하며 마곡사를 찾아 김구 선생님이 걸었던 길을 따라 걸어 본다. 백범 김구 선생님이 승려가 되기 위해 삭발했던 공주 마곡사 삭발 바위 앞에 서서 선생님이 평생 마음에 새기셨다는 서산 대사의 한 시를 떠올린다.

눈 덮인 들판을 걸어갈 때
어지럽게 함부로 걷지 마라
오늘 내가 가는 이 발자취가
뒷사람의 이정표가 될 것이니

『백범일지』에 나오는 글들은 우리나라의 현재와 미래의 나아갈 길에 대한 예언서라고 생각한다. 『백범일지』는 중국 상해에서 대한민국 임시 정부의 주석이 된 후 죽음과 늘 동행하는 위험한 일을 시작할 때 두 아들에게 겪은 일들을 알리기 위해서 쓴 상권과 윤봉길 의사의 사건 이후 조국의 동포들에게 독립운동에 대한 이력과 포부를 밝히려 쓴 하권으로 이루어져 있다. 끝부분에는 「나의 소원」이 나오는데 선생님이 우리 민족에게 하고 싶은 말의 중요한 핵심을 적은 글이다.

이런 『백범일지』를 읽다 보면 기록의 중요성에 대해 새삼 생각하게 된다. 『백범일지』를 통해 느낀 기록의 중요성이 내

가 글을 쓰는 이유가 되기도 했다. '나도 대한민국 우리나라를 위해 큰일을 하고 싶다.'라는 생각을 하며 『백범일지』를 처음 읽는 순간 전율을 느꼈었다.

김구 선생님의 글은 마치 예언서처럼 오늘날 이루어지고 있다. 여기 책의 몇 구절을 옮기며 말씀들을 다시 새겨 본다.

> 오직 한없이 가지고 싶은 것은 높은 문화의 힘이다.
> 문화의 힘은 우리 자신을 행복하게 하고 나아가서 남에게 행복을 주기 때문이다.
> 인류의 이 정신을 배양하는 것은 오직 문화이다.
> 나는 우리나라가 남의 것을 모방하는 나라가 되지 말고 이러한 높고 새로운 문화의 근원이 되고 목표가 되고 모범이 되기를 원한다.
> 우리 민족이 주연 배우로 세계 무대에 등장할 날이 눈앞에 보이지 아니하는가.
> 최고 문화 건설의 사명을 달한 민족은 일언이폐지하면 모두 성인(聖人)을 만드는 데 있다.

최근 세계 무대를 대상으로 한 우리나라 문화가 끝없는 상승을 하고 있다. BTS의 노래들, 영화 「기생충」, 「미나리」의 윤여정, 세계 83개국 모두에서 시청률 1위를 기록한 「오징어 게임」이 비영어권 최초로 에미 감독상, 남우주연상을 받았다. 모두 한국의 문화를 바탕으로 세계 무대에서 당당히 'K-

컬처'의 '높은 문화의 힘'을 보여 주었다. 가장 한국다운 것이 세계적인 경쟁력이 있다는 것을 보여 주며 '우리 민족이 주연 배우로 세계 무대에 등장할 날'이 '등장한 날'이 되었다.

남양주시에 있는 정약용 선생의 생가인 여유당(與猶堂)을 거 닐며 다산의 정신과 삶을 생각한다. 정약용의 생가는 남양주 시 조안면 능내리에 있다. 옛날에는 이곳을 소내(苕川) 또는 두릉(杜陵)이라고 했고 정약용 선생님의 5대조부터 여기에 자 리를 잡았다. 유적지 입구 정면에 정약용 선생님의 생가인 여 유당이 있는데 선생님은 여기서 세상을 떠나셨다. 오른편을 돌아 올라가면 뒷산에 정약용 선생님의 묘소가 여유당을 휘 감고 도는 한강을 바라보고 있다.

정약용 선생님의 많은 업적 중 기중기를 만드신 일을 꼽지 않을 수 없다.

정조는 사도 세자의 묘소를 수원 화성에 옮기고 수원에 제2 의 왕궁을 지어, 말년에 혜경궁 홍씨와 이곳에서 노후를 보내 고자 했다. 정조는 1795년에 수원성을 짓기 위해 한강을 건 널 때 배다리를 성공적으로 가설했던 정약용에게 '수원성 설 계'를 하명한다. 정조는 정약용의 화성 축성을 위해 『도서집 성(圖書集成)』과 서양의 예수회 선교사가 편찬한 『기기도설(奇 器圖說)』을 내려 연구에 도움을 주었다. 정약용은 이 자료들을 참고하여 「기중가도설(起重架圖說)」 등을 지었고 활차(滑車)와

고륜(鼓輪)이 크고 무거운 물건을 옮기는 역할을 함으로써 많은 인력과 경비가 줄어들었다. 정조는 수원 화성이 축성된 후 "다행히 기중기를 이용하여 경비 4만 꿰미가 절약되었다."라고 정약용을 치하했다. 정약용은 자신이 마련한 기중기의 설계도에 대해 「기중총설」에 "활차를 사용하여 무거운 물건을 움직이는 것에 두 가지 편리한 점이 있으니, 첫째는 인력을 더는 것이고 둘째는 무거운 물건이 무너지거나 떨어질 위험이 없다는 것이다."라고 설명한다.

　새로운 것에 관한 연구와 애국, 애민 정신이 나타난 발명품이 수원 화성에 그대로 반영되어 지금도 그 장엄한 위용을 간직하고 나에게 정약용 스승님의 숨결을 전해 주고 있다.

# 직업상담사
# 조희수입니다

*

몇 년 전 첫인상이 매우 강렬한('험상궂은'의 나름 순화된 표현) 구
직자가 구청을 방문했다. 그 사람은 공무원들에게 먼저 공포
심을 주기로 작정을 한 듯, 첫 등장부터 아주 살벌한 쌍시옷
이 들어가는 말을 내뱉으며 민원실에 들어왔다.

안타깝고 가슴 아픈 일이지만 민원인의 '묻지 마 폭행'과 거
친 행동으로 민원인을 상대하는 공무원들이 직접적으로 상
해를 입거나 정신적인 충격을 받거나 심지어는 목숨을 잃는
사건들이 종종 일어난다. 현실에서는 여러 사정상 언론에 보
도되는 일보다 훨씬 자주 이런 상황이 발생하고 있다. 공무를
수행하는 일은 생각보다 훨씬 힘들고 위험할 때가 많다. 누군
가는 해야 할, 표시 나지 않는 많은 궂은일을 해야만 하고 폭
우나 폭설이 내릴 때, 태풍이나 자연재해 등이 발생한다는 예
보만 있어도, 대기 상태로 퇴근도 못 하고 사무실이나 현장에
있거나 비상소집이 되어 다시 직장으로 돌아오거나 늦은 밤,
이른 새벽 출근을 하는 경우도 많다.

당직 등을 설 때면 불특정 다수의 사람이 어떤 날은 직접 찾아와 문제를 일으키거나 전화로 욕을 하거나 술 취한 사람들의 주정과 어이없는 민원 요구에 심신이 망가져 병원에 다니거나 결국 퇴직을 택하는 경우도 많다.

첫인상이 너무나 강렬하게 나타난 그 사람에게 직원들은 전전긍긍할 수밖에 없었다. 일단 그 사람의 요구는 자기를 무조건 먹고살 수 있게 하라는 것이었다. 생떼를 쓰듯 자리를 차지하고 앉아 이 글에 언급할 수조차 없는 심한 말들을 하며 자기가 할 수 있는 나쁜 행동들을 모두 하겠다고 위협했다. 하지만 막상 행동은 하지 않으니 경찰에 신고할 수도 없고 청원 경찰들도 그를 어찌할 수 있는 상황은 아니었다.

그런 연유로 민원실은 비상 아닌 비상이 걸려 일자리를 구할 수 있는 방법이 무엇인지 담당 업무 부서가 어디인지 의견들이 오갔고 결국은 직업상담 업무를 하는 내게 그 사람의 민원을 해결하는 일이 배당되었다.

그에 대해 별다른 정보 없이 갑자기 불려 온 나를 향해 그는 험상궂은 표정과 저속한 단어를 사용하며 "당신 뭐 하는 사람이야?"라고 큰 소리로 물었다.

"직업상담사 조희수입니다."라고 대답하니 그 사람이 갑자기 무슨 소린지 못 알아듣겠다는 듯 인상을 쓰며 잠시 소리 지르는 것을 멈추고 나를 바라보았다. 그렇게 그 사람과의 첫

상담이 시작되었다.

그 후 수십 차례 만나며 업무를 처리하는 동안 그는 가끔 "직업상담사 조희수입니다."라고 그날의 내 목소리를 흉내 내며 그 대답이 너무 어이없어서 더 이상 소리 지를 수 없었다고 했다. 그는 나에게 직업상담사가 무엇을 하는 직업인지 물으며 오히려 내가 민원인인 양 대답을 하게 했다.

그는 궁금한 걸 다 물어본 후에 본인의 일자리를 내놓으라고 다시 억지를 썼다.

구직을 원하는 사람의 경력을 알아야 적당한 일자리를 알아볼 수 있다고 말하니, 그는 경력이 무얼 말하는 거냐고 묻기에 그동안 했던 일을 이야기하면 된다고 했더니 자신이 살아온 인생에 대해 몇 시간에 걸쳐 이야기하기 시작했다. 다른 업무들이 쌓여 있음에도 불구하고 나는 그 사람과 그날 거의 온종일 그의 인생 이야기를 들으며 직업상담이 아닌 인생상담을 하는 심리 상담사의 역할을 할 수밖에 없었다.

그는 결혼을 두 번 했고 가정 폭력으로 아내와 이혼했고 현재는 ○○시에서 사채업을 하고 있는데, 사채업이 쉽지 않아 살기가 너무 힘들어서 일자리를 구하려고 타지인 여기까지 왔다고 했다. 비록 힘상궂은 인상과 나쁜 언어를 사용하며 말하기는 했지만 사람 본연에 대한 연민과 나름대로는 딱한 사정을 고려해서 단순한 일자리라도 빨리 찾아 연결해 주고 싶은 마음에, 몸을 쓰며 일할 수 있는 일자리를 소개해 주었다.

하지만 그 사람은 면접 시 사장을 안하무인으로 대하여 탈락했다. 나 또한 그런 사람을 소개했다고 업체 사장님으로부터 항의를 받으며 모두 내 탓인 것처럼 싫은 소리를 들어야 했다.

나는 상황이 상황인지라 업체 사장님한테 사과의 말을 되풀이하며 용서를 구했다. 그렇게 면접에서 본인이 잘못했음에도 불구하고 다음 날 그 사람은 나를 찾아와 자기는 억울하다며 사장이 먼저 자기를 무시하는 듯이 대했다며 가만히 당하고 있을 수만은 없다고 오히려 사업체를 노동부에 신고하겠다고 억지를 부렸다. 그러면서 그런 일자리를 소개해 준 나에게도 책임을 묻겠다며 높은 사람을 만나겠다고 적반하장으로 생떼를 썼다.

지난 일이니 이렇게 글로 쓰면서 웃을 수 있지, 그 당시는 날이면 날마다 자기 먹고사는 일을 책임지라며 가장 높은 사람을 만나게 해 달라고 찾아와 거의 난동을 부리다시피 하는데 당해 낼 재간이 없어 마음도 몸도 말로 하지 못할 정도로 고달팠다.

물론 법적으로야 업무 방해죄나 공무 집행 방해죄 등이 성립될 수도 있지만, 공무원 생활을 하다 보면 그렇게 말처럼 쉽게 민원인들을 대하고 법적으로 모든 일을 해결 할 수 있지 않다. 멀리 구청 입구에서부터 그 사람이 껄렁거리며 걷는 모습이 보이면 민원 안내 담당자는 나를 찾아 연락했다.

나는 꼼짝없이 그 사람 앞에 마치 그 사람 전속 고용인처럼 불려 가 온갖 소리를 들으며 연신 이런저런 답변을 하며 직장을 찾아보고 있다고 말해야 했다.

그가 민원실에서 큰소리를 내면 민원실은 공포 분위기가 조성되어 다른 민원인들에게 불편을 초래했다. 나는 여러 가지로 검토해 보던 중에 마침 공공 근로 사업 일자리가 있기에 참여시켰더니 이번에는 공공 근로 사업에 같이 참여하는 사람들에게 폭력적인 언어를 사용하며 위협하고 심지어는 사업 담당 공무원에게 물리적인 폭력을 행사해 경찰까지 오는 소동이 벌어졌다.

그런 그를 잘 달랠 사람은 나밖에 없다는 주변의 부탁과 그가 나를 지칭하며 '직업상담사 조희수'라는 사람과 이야기하고 싶다는 요청으로 직업상담이 아닌 폭력 사건 중간 조정자 역할까지 해야 했다. 나는 어느 상황이든 간에 폭력은 잘못된 것이고 앞으로 이러한 행동이 계속된다면 더 이상 상담을 할 수 없다고 단호하게 말했다. 그는 보통 때와는 너무나 달라진 나의 단호한 말에 놀랐는지 잠시 머뭇거리더니 본인의 잘못을 인정하며 후회했다.

그 후로도 5년을 넘게 그는 어떤 일이 생기면 나를 찾았다.

그를 상담하고 일자리를 구해 주고 그렇게 오 년쯤 지난 어느 날, 그는 본인의 속마음을 털어놓았다. 실은 전과로 인해서 사람들이 자기를 무시할 것 같아서 욕을 하고 과감하고 거

친 행동을 일부러 먼저 한다고 말했다. 나는 앞으로 그렇게 하지 말라고 하면서 그런 언어와 행동은 더욱 사람들과의 관계를 악화시키고 쉽게 해결할 수 있는 일들도 어렵게 문제만 만들 수 있고 점점 나이를 먹고 세월이 지나면 더욱 돌이킬 수 없을 거라고 이야기했다. 그런 나의 말과 행동들이 그를 변화시켰는지 시간이 흐르면서 그는 조금씩 조금씩 좋은 모습으로 나아졌다. 하지만 그 후로도 여전히 그 사람이 구청에 나타나면 일자리와 상관없는 일반 민원에 관한 사항도 동료들은 나한테 전화해서 해결해 달라고 요청하고 그가 민원을 해결하고 돌아가면 동료들은 대단한 일을 대신 처리해 준 것 같이 여기며 고마워한다.

사실은 이런 구직자는 상담하기 좋은 편에 속한다. 상대방의 이야기를 충분히 들어 주고 아픔을 이해하고 긍정적으로 바라보며 상대의 문제나 힘든 일들에 대해 진심으로 공감해 주면, 본인의 생각처럼 모든 문제가 다 해결되지 않아도 만족해하며 순순히 상황을 받아들이기도 한다.


나는 어려운 민원을 마주할 때면 그때 그 구직자와의 소통과 공감을 통해 해결했던 일들을 떠올리면서 민원인의 입장이 되어 더욱 적극적으로 해결하려고 노력하게 되었다. 이런 마음을 갖게 한 나를 많이 힘들게 했던 그 구직자에게 오히려 지금은 고마운 마음조차 생긴다.

직업상담사로 공직에 있다 보면 정말 어려운 형편의 온갖 사연의 사람들을 만난다.

그중 직장을 구하기 어려운 몸과 여건을 갖고 계신 분이나 연세가 많으신 분들이 사회 구성원으로 인정받고 싶어 공공 근로 사업에 참여하고, 노동의 대가로 나오는 작은 액수의 돈이 그분들의 생활과 삶에 커다란 보탬과 보람이 되는 경우를 많이 본다.

공짜가 아닌 본인들이 한 노동으로 받은 귀한 돈으로 생활할 수 있다는 자신감과 자긍심을 높이는 자립 지원 방법은 공공이 함께 해결하고 나아갈 수 있는 방향과 대책을 알려 주는 정책으로 가치가 있다고 생각한다.

하지만 아주 일부의 경우는 형편이나 여건이 좋고 경제적으로도 어렵지 않음에도 불구하고 공공 근로 사업을 단순하고 쉬운 용돈벌이 자리 정도로 생각해서 본인의 자격 요건이 공공 근로를 할 수 있지 않음에도 불구하고 공공 근로 사업을 하겠다고 막무가내로 우기는 경우가 있어 담당 공무원들은 사업 취지를 설명하느라 진땀을 빼는 경우도 많다.

# 출소 후 바로 상담하러 온
# 성폭력 전과자

✳

대부분 본인이 자발적으로 일자리에 관한 상담을 하러 오지만 어떤 사람들의 경우는 마지못해, 예를 들면 가족이나 지인들이 상담을 예약하고 오는 경우도 상당히 많다.

그렇게 본인이 상담을 자원한 경우가 아니면 상담을 진행하기가 난감하고 피하고 싶을 만큼 힘들 때도 있다. 본인이 스스로 상담을 신청하고 와서 상담할지라도 각양각색의 사람이 표현하는 방식도 다르고 요구 조건도 다르기에 몇 명을 상담하고 나면 온몸의 기가 다 빠져나간 듯 몸도 마음도 지치는 경우가 많다.

그날의 상담자는 전혀 상담할 마음, 자세나 태도가 되어 있지 않고 의무적으로 하는 수 없이 찾아왔음을 온몸으로 표현하며 거들먹거리며 자리에 앉았다. 더욱이 기분 나쁜 시선으로 나를 위아래로 보며 내가 하는 일이 무엇인지와 자기를 위해 어떤 일을 해 줄 수 있는지 물었다. 나는 민원인의 적성과 상황에 맞는 직업을 연결해 주는 직업상담사라고 하니 자기의 특기는 성폭행이라며 자기한테 맞는 직장은 무엇이냐고

MEMO

아무렇지도 않게 말했다. 아무리 공무원이 국가와 국민을 위해 일을 하는 사람이라지만 그 사람의 대답을 듣는 순간 몸이 얼어붙고 손발이 떨려 왔다. 하지만 아무렇지도 않은 척 냉정을 유지하며 상담자의 현재 상황을 물었다.

그는 출소하자마자 자립지원상담사와 상담을 하던 중 몇 마디도 제대로 하지 않았는데 갑자기 나를 찾아가라 해서 온 거라고 말했다.

그 사람을 상담한 후 상담자에 대한 정확한 상황을 파악해야 하기에 출소자를 1차 상담했다는 자립지원상담사에게 연락했더니 너무 무서워서 나한테 보냈다는 어처구니없는 답변을 했다. 자립지원상담사는 수감 이유와 출소 여부 등 상담자에 대한 상세 정보를 볼 수 있는 권한이 있지만 구청 소속 직업상담사에게는 출소자와 관련된 정보에 접근할 수 있는 권한조차 없다. 본인이 생각해도 자신의 업무를 회피하고 나에게 떠넘긴 것이 미안했는지, 본인의 고유 업무임은 알고 있지만 본인은 상담 능력이 안 되고 정규직으로 전환되는 과정이라서 상담을 할 수 없다며 횡설수설 말도 안 되는 이유를 달면서, 결론은 자기는 도저히 할 수 없다고 말했다.

생각 같아서는 자립지원상담사의 정확한 업무 범위와 관련 규정 등을 조목조목 짚으며 업무에 관한 사항을 말한 후 출소자를 다시 그 자립지원상담사에게 보내고 그 출소자를 만나거나 신경 쓰고 싶지 않았다. 하지만 비록 출소자라 할지라도

본의 아닌 상처를 받게 하고 싶지 않아서 결국 내가 계속 상담했다.

　2회기에 걸친 상담 내내 그와 대면하면서 나는 불안함과 불쾌함을 동시에 느꼈다.

　그의 태도는 나아지지 않았고 그대로 두면 다른 기관에 가서 다른 직업상담사와 상담 시에도 지금 같은 잘못된 태도와 상황을 반복할 것 같아 많은 고민 끝에 용기를 내어 단호하고 정중하게 요청했다.

　"선생님이 간절히 일자리를 원하는 것은 상담을 통해 잘 알 수 있었습니다. 하지만 지금과 같은 태도로 상담한다면 더는 상담할 수 없습니다. 정말로 일자리를 갖고자 하는 것인지 아닌지 곰곰이 생각해 보시고 일자리를 원하시면 그때 다시 상담을 진행하는 것이 좋을 것 같습니다. 혹시 상담을 지속하시길 원하시면 우선 유선으로 연락을 주시고 그 이후에 어떻게 상담할지 진행을 도와드리겠습니다."

　직업상담사로서 일하다 보면 위에서 언급한 사례 이외에도 다양한 이유와 사정을 가진 사람들이 직장을 구해 달라고 상담한다.

　하지만 직업상담사도 감정이 있는 사람이기 때문에 가끔 지나치게 직업상담에만 몰입하다 보면 여러 가지로 큰 위험에

놓일 수도 있다. 본인에게 상담이 너무 어려운 상황이거나 해결 방법을 찾기 어려울 경우는 선임 직업상담사 또는 멘토에게 지원 요청을 하는 등의 방법을 통해 상담을 지속할지 상담을 종결할지 결정해야 하는 경우가 있다.

# 중매도 아닌데
## 뺨이 석 대
나도 사장 말고 직원 하고 싶다

∗

구직자와 구인자를 연결하는 업무를 하다 보면 서로 일이 잘 풀려 채용과 취직이 성사된 후에 좋은 소리만 들을 수 있으면 좋으련만, 어떤 경우에는 여러 가지 애로 사항에 대한 어려움을 호소해서 업무 범위 이외의 일임에도 불구하고 도와 달라는 요청을 거절하지 못하고 해결해야 할 때가 허다하다.

작은 동네 빵집을 하는 사장님이 직접 만든 빵을 포장하는 일과 판매하는 일을 도와줄 직원을 찾는다기에 마침 적당한 분이 떠올라 서로 연결해 드렸다. 다행히 구인자와 구직자 간 면접이 잘 되어 취직까지 이어졌다.

취직이 되거나 채용을 한 후에는 정말 무소식이 희소식이다. 가끔 고맙다고 잘 다니고 있다고 또는 좋은 사람을 소개해 줘서 고맙다는 연락을 받는 경우도 있다. 보통은 취직이

되거나 고용을 한 후 더 이상 연락이 오지 않는다. 만약 연락이 오는 일이 있다면 십중팔구는 안 좋은 일이 생겼을 때이다.

이번 사례도 그러한 경우이다.

맛과 위생에 대해 자부심이 대단한 맛집으로 인정받는 빵집을 운영하는 사장님이 큰일이 났다며 연락이 왔다.

이번에 채용한 직원이 위생 관념이 너무 없어서 하나하나 세세히 일을 가르치며 빵을 포장지에 넣거나 판매할 때 위생이 가장 중요하다고 알려 주었다고 했다. 특히 음식을 파는 일을 업으로 하는 사람은 위생에 모든 승부를 걸 만큼 철저히 해야 한다고 강조했는데도 여러 번 실수하고 대충 하기에 아무래도 본인 사업체와는 안 맞는 것 같다며 그만두었으면 좋겠다고 했더니 '갑질과 부당 해고'라고 관계 기관에 신고하고 유통 기한을 속이고 장사한다고 인터넷에 올리겠다고 한다며 그 직원을 소개해 준 내가 이 일을 해결하라고 했다.

만약 문제가 생기면 빵집 사장은 나를 상대로 민원을 제기하는 수밖에 없다며 빵에 보존제를 전혀 사용하지 않고 제품을 만드는 데 자부심이 대단한 사장은 자신이 지금까지 쌓아 온 신뢰가 한순간에 무너지게 생겼다며 해결해 달라고 했다. 보통 빵의 유통 기한을 정해도 되지만 본인은 빵에 대한 신념을 가지고 빵집을 운영하기에 빵의 품질이 변하지 않은 것을

알고 있음에도 불구하고 항상 그날 새벽에 빵을 만들어 그날 저녁에 다 소비하고 혹시 남는 빵이 있으면 주변 사람들이나 어려운 사람들에게 나눠 주거나 직원들이 가져가도록 하고 있는데 사장이 그날 밤 깜빡하고 못 가져간 빵이 다음 날 그대로 있는 것을 보고는 유통 기한이 지난 빵을 판다고 오해해서 말하는 것이라고 억울하다고 했다.

그러면서 이렇게 터무니없는 억지를 부리고 위생 관념이 없는 구직자를 소개해 줘서 문제가 생긴 거라며 나에게 항의하고 만약 어떠한 잘못된 일들이 발생하면 본인 또한 나를 상대로 피해에 대한 책임을 묻겠다고 했다.

모든 일의 전후 사정을 다 파악해야 어떤 대책이 나올 것이라는 생각에 나는 먼저 취업자에게 전화해서 무슨 일인지 자초지종을 물었다.

취업자는 지금 다니고 있는 빵집이 편하고 집에서도 가까워 계속 다니고 싶은데, 사장이 별 이유도 없이 트집을 잡으며 그만두라고 하기에 홧김에 조금 심하게 말을 했을 뿐이라고 했다. 나는 취업자에게 상황이 복잡하게 진행되고 있으니 구청을 방문해서 상담할 것을 권했다.

멋쩍은 표정으로 나와 마주 앉은 취업자에게 빵집 사장의 고충을 전달하니 취업자는 사장님이 마음도 좋고 남은 빵도 집에 가져갈 수 있도록 해 줘서 고맙게 여기며 본인은 나름대로 자기 집에서 하듯이 위생적으로 하는데 사장은 자꾸 더 철

저히 하라고 한다며 불만을 이야기했다.

나는 「식품위생법」에 따른 위생 관련 사항의 몇 조목을 예를 들어 말해 주며 만약 위생상으로 문제가 생기거나 고객이 사 간 빵을 먹고 식중독 등 증상을 일으키면 사회적으로 큰 문제가 생기고 본의가 아니라 할지라도 돌이킬 수 없는 피해자가 생길 수 있다고 이야기했다.

그뿐만 아니라 빵집 사장은 그동안 쌓은 단골은 물론이고 어쩌면 그 모든 일에 대한 책임을 져야 하므로 만약 문제가 생기면 상황이 취업자가 생각하는 것보다 훨씬 나빠질 수 있다는 것을 몇몇 사례를 언급하면서 알려 주었다.

취업자는 본인은 그동안 집에서만 생활하다 더 늦기 전에 일하고 싶어서 취직한 건데 자영업자들에게 이렇게 여러 가지 힘든 일이 생길 수 있다는 것은 생각지도 못했다며 자신이 일부러 그런 것은 아니라는 걸 잘 설명해 주고 앞으로 철저히 위생 관리를 잘하도록 노력할 것이니 그 빵집에서 계속 근무할 수 있게 해 달라고 했다.

나는 빵집 사장에게 취업자와 했던 이야기를 하며 많이 미안해하고 앞으로 잘하겠다고 하는 말들을 전했다. 사장은 자영업을 하는 사람들이 늘 어렵다고 하지만 지금은 현실적으로 더 어렵다며 자기도 사장 말고 직원을 하고 싶다고 했다.

구직자와 구인자를 연결하면서 양쪽의 힘든 상황들을 충분

히 듣고 여러 사건을 보기에 그 말에 절대적으로 공감한다.

나 역시 매번 사업체와 구직자를 연결할 때 중간에서 생각하지도 못한 문제점이 생기고 그 후 생기는 모든 일에 대한 해결까지 해 주기를 요구하니, 업무의 한계가 불명확하고 그렇다고 무책임한 듯 방관할 수도 없어 답답한 경우가 부지기수이다.

옛말에 중매를 잘 서면 술이 석 잔이고 잘못 서면 뺨이 석 대라는 속담이 있는데 술 석 잔은 바라지도 않는다. 하지만 번번이 뺨 석 대는 기다리고 있는 것 같아 늘 꼼꼼하고 세심하게 눈높이를 맞추며 민원에 임하려고 한다.

# 정규직 No, 계약직 Yes

✳

사업체와 취업을 하고자 하는 이를 서로 소개하는 자리를 마련하여 취직시키고 사업체와 구직자의 애로 사항을 청취하고 문제 해결에 대한 방안에 관한 논의를 하는 것이 공직에 있는 직업상담사의 주된 업무 중 하나이다. 그래서 가능하면 많은 기업체의 대표 또는 채용 담당자를 직접 만나 채용 계획에 대해 파악하려고 노력한다.

직접 현장에서 만나는 사장님들의 애로 사항을 들어 보면 생각보다 많은 곳에서 직원을 구하는데, 구직자와 구인자 서로의 눈높이 차이가 커서 취업과 채용에 어려움을 겪는 경우가 많다.

사십 년 정도 제조업체를 운영하며 열 명 정도의 직원과 함께 일하는 소탈한 성격의 사장님은 요즘 직원 구하기가 너무 어려워서 본인이 경영과 영업은 물론이고 직접 현장에서 생산하는 일까지 하느라 잠자는 시간이 하루에 서너 시간 정도여서 건강이 염려스럽다고 했다. 구직자와의 상담 후 그 구직자의 채용을 부탁하려는 마음을 가지고 사업체를 방문한 내게 사장님은 오히려 제발 열심히 오래 근무할 성실한 직원 있

으면 무조건 추천해 달라면서 최근에 직원을 뽑으려고 면접을 봤을 때 겪었던 일에 관해 이야기했다.

사장님은 나름 시대감각에 뒤처지지 않는다 생각하고 있기에 현실을 고려해서 면접을 보러 온 젊은이에게 "옛날에는 1년을 계약직으로 일해야 정규직을 시켜 주었지만, 지금은 3개월만 성실히 일하면 정규직을 시켜 주겠다."라고 했다.

면접자는 "사장님, 저는 정규직을 하고 싶어서 이 회사에 들어오려고 하는 것이 아닙니다. 저는 계약 기간이 있는 기간제로 일하고 싶습니다."라며 당당하게 대답하기에 어처구니가 없어 그 이유를 물으니 "최저 임금의 정규직으로 일하는 것보다 계약직으로 일하고 퇴사하면 실업 급여를 받을 수 있고 출퇴근 및 식사 비용 등 출근해서 쓰는 돈을 다 계산해 보면 실업 급여를 받는 게 훨씬 나아요."라고 대답했다.

사장은 너무 어이가 없어 그날 저녁 면접자 또래의 아들에게 낮에 있었던 이야기를 했더니 아들이 "아버지, 그 면접자 말이 맞아요. 제 친구들도 정규직으로 힘들게 근무하며 월급 저금해서 모으려고 아등바등하는 것보다 계약직으로 근무하다 퇴직하면 일 안 하고도 삼 개월 월급 정도의 돈을 받을 수 있으니 그게 훨씬 더 개이득(젊은이들 사이에서 사용되기 시작한 용어로 국어사전에 크게 이익을 얻는 일 또는 그 이익을 속되게 이르는 말이라고 표기되어 있음)이라고 뭐 하러 어렵게 출근해서 일하냐고 해요."

라고 말했다고 했다.

위와 같은 실정이다 보니 사업체의 구인난은 갈수록 심해질 수밖에 없다. 현재 구직자의 구직에 대한 사고는 내가 처음 직업상담사로 일하던 2000년대와는 많이 바뀌었다.

2000년에도 물론 실업 급여라는 제도가 있었다. 하지만 실업 급여가 작아서 실업 급여로는 기본 생활조차 어려웠기에 일자리가 나오면 무조건 취업하려고 했었다. 그러나 2017년 부터 실업 급여가 1일 5만 원으로 최저 임금 수준까지 상향 조정됨에 따라 일부 실업자는 실업 급여 기간 만료 후에나 취업하려고 하는 웃지 못할 상황이 일어나고 있다.

또한 실업 급여 수급자 중 일부는 취업 목적으로 면접을 보는 게 아니라 구직 활동을 하고 있다는 증명을 해서 실업 급여를 탈 목적으로 면접을 보고 확인서를 받으려고 하니, 사업체 채용 담당자는 일할 사람이 없어서 일할 시간도 부족한데 이런 허위 구직 활동자를 면접하느라 시간을 허비하는 등 이중고를 겪고 있다고 하소연한다.

이런 현실을 파악한 고용노동부에서는 위와 같은 사례의 모순과 실업 급여 제도가 본래 의도와 다르게 운영되는 문제점을 해결하려고 다양한 제도적 장치를 강구하고자 노력하고 있지만 해결책을 찾기가 쉽지 않다.

# 예식장까지 잡았는데 실업자 됐어요,
## 결혼 포기해야 하나요?

＊

명문 대학교를 졸업하고 대학에서 만난 여자 친구와 빨리 결혼하고 싶어서 대기업 입사 준비를 하다 포기하고 중소기업에 취직해서 결혼 날짜까지 잡았는데, 코로나19로 인해 직장이 구조 조정에 들어가서 결국 실직했다고 한다.

혹시나 하는 마음으로 직업 상담을 신청했다는 청년과 대화해 보니 성실함, 근면함, 열정이 느껴졌다. 교육개발팀에서 근무한 이력을 보면서 예전에 나를 스카우트하고 싶다고 연락했던 헤드헌터에게 만약 그 자리에 아직도 채용 의사가 있으면 경력은 짧지만 아주 적합한 청년이 있어 추천하고 싶다고 의사 타진을 한 후 지원서를 보냈다. 다행히 청년에게 면접을 볼 기회가 주어졌지만 1차 면접에서 탈락했다. 아무래도 대기업 교육팀 인재 채용이기에 질문이 어렵고 다양한 방식의 면접이 진행되었으니 면접을 보는 일이 쉽지 않았으리라 생각되었다. 청년은 면접에서 떨어진 후 의기소침해져 있었고 다른 곳에라도 취직하지 않으면 결혼을 할 수 없다며 결혼을 포기해야 하나 고민 중이라고 기죽은 모습으로 내 앞에

나타났다. 나는 너무 안타까운 마음에 헤드헌터에게 다시 연락해서 청년의 가능성과 상황에 관해 이야기하고 한 번 더 면접을 볼 기회를 달라고 간곡히 부탁했다.

 다행히 다시 면접을 볼 기회가 주어졌다. 기필코 청년을 꼭 그 회사에 취직시키고 싶었다. 다시 그 회사에 면접을 볼 수 있는 기회가 생겼다 하니 그 청년은 꼭 합격하고 싶다고 간절히 말하며 도와 달라고 했다.

 물론 나의 업무와는 별개의 일이기에 거절할 수 있음에도 불구하고 퇴근 후 청년에게 나의 시간을 투자해 도와주기로 했다. 나도, 청년도 비장한 각오로 면접 코칭에 들어갔다. ○○ 기업 분석, 원하는 인재상에 대해 본인과 연결 지어 설명하기, 어떻게 해야 좋은 모습으로 면접관들에게 긍정적인 평가를 받을 수 있는지 등등을 알려 주었고 1차 면접을 통과했을 때 청년은 하늘을 날아오를 듯 기뻐하며 남아 있는 2차, 3차 면접까지 도와 달라고 진심으로 부탁했다.

 나는 누적되는 업무와 과로로 지친 몸으로 시간을 쪼개 청년에게 코칭을 했다.

 청년은 최종 합격 후 정식 직원이 되었다. 합격을 알리는 청년의 목소리에는 자신감과 행복이 묻어났다. 결혼을 예정대로 진행할 수 있다며 당당한 사회인으로 거듭날 수 있도록 옆에서 끝까지 도와줘서 감사하다고 했다. ○○ 기업이라면 대

한민국의 청년들이 취업하고 싶은 곳 중에서도 순위 안에 드는 곳으로 연봉도 현재 비정규직 공무원인 내 급여의 4배 정도 되는 곳이다. 회사 복지는 더욱 말할 것도 없으니 내 자리와는 비교할 수도 없는 좋은 조건의 직장이라고 할 수도 있다.

만약 내가 가려고 마음을 먹었다면 예전 스카우트 제의가 왔을 때 갔을 수도 있는 곳이기에 지금 청년의 취업 성공기를 얘기하면 누군가는 그렇게 좋은 자리에 월급도 4배 정도 된다면서 왜 내가 그 자리에 가지 않았느냐고 바보라고 말하기도 하지만 나의 대답은 앞에서 언급했듯이 "내 꿈은 공직을 통해 이룰 수 있는 일이고, 내 인생의 숙제 같은 사명이 공직에 있기에 나는 여기에 뿌리를 내리겠습니다."이다.

흔히 짚신도 짝이 있다는 말을 배우자를 찾을 때 쓰지만 나는 사람의 직업이나 직장도 짚신처럼 짝이 있다고 생각한다. 이 일을 오래 하다 보니 누군가에게는 너무나 어려운 취직이 마치 이 청년의 경우처럼 아주 좋은 조건으로 쉽게 들어가고 직장 생활도 찰떡궁합을 보이며 즐겁게 생활하는 경우를 보게 된다.

우리나라의 출산율과 결혼율이 낮다며 출산율을 높이기 위

해 많은 정책과 돈을 쏟아붓고 있는데 청년들이 결혼하고 출산할 수 있도록 좋은 직장이 많이 마련되어 먹고사는 걱정이 없어지면 많은 문제가 자연히 해결될 거로 생각된다. 위 청년의 경우처럼 취직하고 나니 결혼하는 일은 하나의 연속선상에서 다 해결되었으니 말이다. 출산율 높이기에 지름길은 없다. 아무리 좋은 법과 정책을 만들어도 실제로 시행된 후 결과로 나타나는 것, 그것이야말로 다산 정약용 선생님이 쓰신 『목민심서』의 실사구시 정신이라고 생각한다. 이 청년을 취직시키고 결혼까지 했으니 이제 곧 아이가 태어나리라. 그렇게 되면 존경하는 공무원 선배님이신 다산 정약용 선생님의 정신을 한 걸음 따라 이룬 것이 되는 것이라고 여겨지니, 스스로 뿌듯하고 대견하다는 생각이 들었다.

우리는 지난 역사에서 온고지신과 법고창신의 마음을 가져야 한다.

역사를 낡은 것, 버려야 하는 구질구질한 것으로 여길 것이 아니라 과거의 역사를 새로 보며 그 안의 소중한 정신적, 물질적 자산을 잘 받아들여 새롭게 거듭날 필요가 있다.

# 고등학교 졸업자인 저에게
# 일자리가 있을까요?

✳

고등학교를 졸업한 후 취직한 경험이 전혀 없이 몇몇 가게에서 아르바이트만 하면서 돈을 벌면 쉬고 게임이 취미라는 갓 스무 살이 된 청년이 취업을 시켜 달라고 왔다.

자격증은 하나도 없고 하다못해 자격증을 딸 생각조차 하지 못했다며 컴퓨터로는 게임밖에 할 줄 모른다는 청년은 고졸 학력 한 줄을 쓴 이력서를 내밀었다. 나는 조심스럽게 운전면허라도 있어야 어디 이력서라도 넣을 수 있을 것 같다고 말을 하니 청년은 운전면허 자격을 취득해서 오겠다며 돌아갔다. 보통 그렇게 돌아가면 다시 오는 경우가 거의 없기에 한 달 뒤 청년이 이력서에 운전면허를 추가해서 나타났을 때 나의 조카인 양 반갑고 대견했다.

한 달이라는 짧은 기간 동안 운전면허를 따는 것이 쉽지 않았을 텐데 그동안 많이 노력했으리라는 생각을 하니 기특한 마음이 들었다. 내세울 만한 경력 사항도 없고 게임 이외에는 무엇을 좋아하는지 모르겠다고 말하는 청년에게 고용노동부의 직업 선호도 검사를 실시해 보았다. 검사 결과 청년은 외

향적이며 활동적인 성향으로 나왔다. 결과지를 참조해서 나는 청년에게 친구들이 많은지 친구들과 어울릴 때 모임의 주도적인 역할을 누가 하는지 물으니 대부분 본인이 한다고 했다. 새로운 사람들을 만나는 것이 좋고 낯선 곳에 가면 쑥스럽기보다는 훨씬 흥미와 재미를 느낀다고 했다.

나는 여러 가지를 상담하고 분석해 본 후 ○○ 중소기업에 영업직 일자리가 나왔으니 한번 지원해 보겠느냐고 물었다. 청년은 무엇이든지 하겠다며 꼭 취업했으면 좋겠다는 강한 의지를 보였다. 나는 ○○ 중소기업 인사팀 책임자에게 청년의 지원서를 제출하며 사회 초년생이지만 성실하고 믿음직하니 꼭 면접을 볼 기회를 달라고 했다.

며칠 후 ○○ 중소기업 인사팀에서 연락이 왔다.

고등학교 졸업 후 관련 경력도 없고 입대를 앞두었기 때문에 합격을 장담할 수는 없다고 말하며 그래도 구인이 시급하니 이사회에서 면접은 보겠다고 했다. 하지만 채용 가능성은 크지 않으니 많은 기대는 하지 말라는 말을 덧붙였다. 면접 날 청년과 동행 면접을 했다. 아무래도 아르바이트 면접과는 다르고 사업체에서 처음으로 정식 면접을 보는 것이라 청년은 많이 떨리고 불안해하며 동행해 주기를 간절히 요청했고 나 역시 꼭 청년이 합격하기를 바라는 마음으로 든든한 조력자가 되어 주기로 했다. 청년은 그동안 준비한 대로 면접을

잘 보았다는 말에 합격을 기대했지만 결과는 불합격이었다. 나는 채용 담당자에게 떨어진 이유를 구체적으로 알려 줄 수 있는지 물으니 나이도 나이이지만 요즘 젊은 사람들은 채용해도 힘든 일이나 특히 영업직같이 여러 사람을 상대하는 어려운 일은 근무하다 말고 책임감 없이 중간에 그만두는 경우가 많아서, 채용해서 가르치느라 기존 직원은 업무가 가중되고 거래처와의 신뢰에도 영향을 미칠 수 있어 채용하지 않기로 했다고 말했다.

나는 일부 청년의 경우 그런 성향이 없다고는 할 수 없지만 그렇다고 모든 청년이 다 그런 것은 아니니 다시 한번 이사회에 잘 이야기해 달라고 부탁했다.

며칠이 지난 후 채용 담당자는 청년이 다행히 면접을 잘 보았고 지금 직원이 없어서 일할 수 없는 상황이니 그럼 한 달만 근무시켜 본 후에 취직 여부를 다시 결정해도 되겠는지 물어보았다. 청년에게 그런 상황을 전하니 청년은 열심히 할 자신이 있고 만약 한 달만 하더라도 좋은 경험을 했다고 생각하면 되니 출근을 하겠다고 했다.

그렇게 청년이 취직하고 1주일이 지났을 무렵 청년이 잘 적응하는지 궁금해서 전화했다. 청년은 밝은 목소리로 근무도 잘하고 있고 선배님도 너무 좋아서 업무를 배우는 것도 재미있다고 했다. 특히 일하다 보니 부모님이 얼마나 많은 고생을 하면서 자식들을 키웠는지 느낄 수 있어서 힘들수록 더욱 열

심히 일하려고 한다고 했다.

한 달 후 채용 여부가 걱정되어 사업체에 연락했더니 오히려 나한테 고맙다며, 청년이 근면하고 성실한 데다가 책임감까지 강해서 대표도 놀랐다며 한 번 더 기회를 안 줬으면 청년이 아니라 회사가 좋은 인재를 놓치는 손해를 볼 뻔했다며 거듭 고맙다고 말하는 것을 들으면서 진심으로 청년을 아끼는 마음이 전화상으로도 느껴졌다. 청년 또한 정식 직원이 되어 김밥집을 하며 고생하는 어머니에게 앞으로 군대에 갈 때까지 꼬박꼬박 월급을 드릴 수 있고 좋은 직장 선배님들에게 영업에 대한 업무 처리 능력뿐만 아니라 사회생활 등 많은 것을 배울 수 있어서 너무 좋다고 했다.

살면서 학력이 중요하지 않다고 말할 수는 없다. 그렇지만 학력만 좋다고 모든 일이 잘 풀리는 건 아니라는 걸 우리는 알고 있다. 자신의 부족한 부분을 채우기 위해 노력하고 배우려는 의지와 자신에 대한 꿈을 갖고 멈추지 않는다면 분명 좋은 결과가 우리를 기다리고 있다는 것을 청년은 직접 보여 주었다.

# 사라진 퇴직금

✳

상담실 문을 들어선 그분은 비록 오래되어 낡았지만 단아한 치마 정장에 깨끗이 손질된 구두를 신고 있었다. 처음에는 다른 민원으로 왔는데 착각해서 구직 상담실로 들어온 건 아닌가 하는 생각이 들었다. 첫인상에도 퇴직한 선생님이거나 공무원 같은 모습이었다.

역시 그분은 초등학교에서 교편을 잡으셨던 선생님이셨다. 선생님은 아들과 딸이 어렸을 적 남편과 사별하고, 퇴직할 때까지 아들과 딸을 아버지 없는 자식이라는 소리 듣지 않게 하려고 힘들지만 어려움을 잘 버텨 내며 키우셨다. 요즘은 직장 생활을 하는 부모들을 위해 지원해 주는 제도가 많지만 선생님이 아이들을 키울 그 당시만 해도 '식모'를 고용해서 아이들을 맡기고 아이들이 아파도 선생님이란 직업의 특성과 그 당시 시대 분위기상 휴가를 내지 못해 어렵게 키워서 남들이 부러워하는 명문 대학에 보내고 아들은 은행에, 딸은 회사에 취직시키고 모두 결혼까지 시켜 주변의 부러움을 샀다. 그리고 선생님은 퇴직하면 다달이 나오는 연금으로 생활하며 그

동안 다니지 못했던 여행이나 다니며 건강을 챙기고 혼자 버티며 살아온 고달팠던 인생을 스스로 위로하며 여유를 갖고 편하게 지내리라 마음먹었다.

아들이 결혼할 때 그동안 살던 아파트를 팔아 열 평 정도의 작은 아파트로 이사하며 아들 이름으로 아파트를 사 줬고 딸도 결혼할 때 아파트값 정도의 액수가 든 통장을 줬으니 자식들 뒷바라지도 할 만큼 했다고 생각했다.

퇴직을 앞둔 어느 날 며느리가 막 걷기 시작한 손자와 젖먹이 손녀를 데리고 찾아와 울면서 아들이랑 이혼해야지 더 이상 결혼 생활을 유지할 수 없다고 했다. 아들이 주식으로 집까지 다 날리고 다니던 은행에서 금융 사고까지 쳐서 이혼하지 않으면 며느리까지도 연대 책임을 져야 하고 어쩌면 구속까지 될 수 있다고 했다.

그 말을 듣는 순간 하늘이 노래지며 얼빠진 사람처럼 생각이 마비되는 듯한데 며느리가 어머니의 퇴직금을 연금이 아니라 일시에 받아 아들의 돈 문제를 해결하면 모든 문제가 없던 일처럼 될 것이고 만약 그렇게 돈 문제를 해결해 주면 알뜰살뜰하게 살며 본인도 맞벌이를 해서 다달이 받는 연금만큼 생활비로 드리겠다고 말했다. 처음에는 기가 막히고 믿어지지 않아 어찌해야 하나 싶었다. 그리고 아무에게도 말하지 못하고 가슴만 태우며 아들한테 연락하니 연결이 되지 않았

MEMO

다. 그 후로 며느리는 계속 손자, 손녀를 앞세우고 찾아와 네 명 목숨이 어머니 결심에 달려 있다고 하소연했다. 며느리는 남편이 회삿돈 해결과 관련해서 연락도 안 되고 집에 들어오 지도 않는다며 본인도 남편과 연락이 안 되니까 문제를 해결 할 때까지는 연락을 할 생각도 하지 말라며 할 말이 있으면 며느리인 자기한테 연락하라고 했다. 선생님은 딸하고 아들 문제를 상의해 볼까 생각했다. 하지만 딸이 알면 본인처럼 걱 정만 하면서 오빠를 도와주지 못해 마음만 아프리라 생각하 며 아무리 남매 사이라 해도 서로의 자존심은 지켜 주고 싶다 는 생각이 들었다.

　생각 끝에 아들의 돈 문제를 해결하는 가장 좋은 방법은 며 느리의 말처럼 퇴직금을 한꺼번에 받아 해결해 주는 것이라 는 결정을 내리고 아무도 모르게 퇴직금을 일시에 받아 며느 리에게 건네주었다. 며느리는 통장으로 입금하면 나중에 금 융사에서 추정해서 급한 빚을 갚기는커녕 더 큰 문제가 생길 수 있으니 몇억 원이나 되는 퇴직금을 현금으로 찾아서 절대 누구에게도 말하지 말고 본인에게 직접 달라고 신신당부했 다. 그렇게 선생님은 퇴직금을 현금으로 찾아 며느리에게 주 었고 그 후 몇 달은 며느리가 꼬박꼬박 통장으로 연금에 미치 는 액수는 못 되지만 일정한 액수를 입금했다.

　그런데 어느 날부터 돈을 보내기는커녕 연락조차 없어 걱정 되는 마음이 들어 그제야 아들과 며느리에게 전화했더니 없

는 전화번호라는 메시지만 왔다. 상황이 더 나빠진 건 아닌지 노심초사 걱정되는 마음으로 어렵게 아들이 근무하는 은행에 찾아갔더니 다행히 아들이 창구에서 근무하는 걸 볼 수 있었다. 아들 직장에 폐가 될까 싶은 마음이 들어 민원 접수 번호표까지 뽑고 차례가 오기를 기다리다 아들 앞에 앉으니 아들은 대뜸 바쁜데 왜 왔냐며 성가신 표정을 지었다. 선생님은 무슨 일이 있는지 걱정되어 왔다며 아들도 며느리도 전화를 하니 없는 전화번호라는 안내만 나오고 몇 달째 입금도 안 되고 연락할 방법이 없어서 온 거라고 말했다. 아들은 근무 중인데 그런 일로 직장까지 찾아오면 창피해서 어떻게 직장을 다니느냐며 돈 안 줄까 싶어서 이렇게 하는 거냐고 오히려 화를 냈다. 내쫓는 듯한 목소리로 눈치를 주며 나중에 연락하겠다고 하기에 '직장 일은 잘 해결되어 별일 없으니 근무하는 것이겠지.' 하며 하고 싶은 말도 하지 못하고 그냥 돌아와 소식을 기다렸는데 그 후로도 계속 연락이 없었다.

몇 달의 시간이 흐른 후 결국 딸이 모든 사건을 알게 되어 딸이 걱정하며 일의 자초지종을 알아보니 아들의 이혼 이야기, 직장에서의 금융 사고 등 모든 내용이 거짓이었고 선생님의 퇴직금 등 재산을 여동생에게 주지 않으려고 아들과 며느리가 짜고 계획적으로 한 일이었다. 너무 기가 막히고 살길이 막막해서 며느리에게 준 퇴직금을 찾아오는 방법을 법적으로 알아보았다. 하지만 아들과 며느리가 인정하지 않는 한 현

금으로 직접 준 돈을 되돌려 받는 방법은 거의 없고 혹시 소송을 하면 되찾을 가능성이 조금은 있다고 했다. 또한 퇴직금을 준 차용증도 통장으로 입금해 준 증거도 없으니 돈을 돌려받는 건 쉽지 않을 거라고 했다.

선생님은 소송을 하면 소문이 나서 아들이 사회생활을 하는데 지장이 생길 것 같아 소송을 하지도 못하고 돈도 잃고 그후 아들네 식구들도 볼 수 없으니 자식까지 잃어버린 셈이고 심한 생활고까지도 겪는 중이라고 했다. 드라마보다 더 드라마 같은 선생님의 사연을 들으며 남인 나조차도 기가 막히며 믿어지지 않았다. 어떻게 자식이 평생 혼자 몸으로 길러 주고 남부럽지 않게 재산도 물려주신 어머니를 상대해 사기라고 말하기에도 부끄러운 엄청난 일을 벌일 수 있는지 말조차 안나왔다.

선생님은 모든 재산을 아들에게 준 상황이라 생활이 매우 어려워 청소하는 일이라도 할 수 있으면 좋겠다고 했다. 마침 청소하는 분을 찾는 업체가 있기에 알선했으나 취업하지 못했다. 선생님의 인상이나 이력을 볼 때 청소라는 전문적이고 노동 강도가 있는 일을 제대로 할 수 있을 것 같지 않아서 도저히 채용할 수 없다며 사업체에서 미안하다는 연락이 왔다.

여러 일자리를 알아봤지만 대부분 몸을 쓰며 일해야 하는 업종이라 선생님의 높은 학력과 경력이 오히려 걸림돌이 되어 모두 채용이 어렵다는 부정적인 대답을 했다.

궁여지책 끝에 선생님의 경력을 생각해 '책 읽어 주는 할머니' 교육을 받을 수 있도록 교육 기관을 소개해 줬고 교육을 수료한 후에 어린이집에 취업할 수 있도록 도와드렸다. 월 20만 원 정도의 아주 적은 금액이지만 선생님은 그래도 없는 것보다는 낫다며 감사하다는 말을 몇 번씩 하며 이렇게 모르는 남이 내 배 아파 낳고 금이야 옥이야 기른 아들보다 낫다고 말을 하며 슬픈 웃음을 지으셨다.

요즘 상담하는 중장년분들 중에 이러한 사정을 가지신 분들이 종종 있다. 간혹 상담 시 자녀가 재산을 요구한다며 난감한데 어떻게 해야 할지 모르겠다고 말을 하는 경우가 있는데, 가능하면 독하게 마음먹고 자식에게 살아생전에 재산을 주는 건 아주 신중하게 결정해야 한다고 말한다. 혹시 여유가 있어 줄 수 있으면 좋겠지만 그럴 때는 반드시 앞으로 살아갈 날을 위한 생활비는 꼭 남겨 두시라고, 그래도 정말 다 주고 싶으면 나중에 얼마의 효력을 발휘할지 장담은 할 수 없지만 꼭 '효도 계약서'라도 쓰고 주라고 말씀을 드린다. 하지만 부모의 내리사랑 그 깊은 마음을 남이 어찌 헤아릴 수 있을까?

평생 자식 걱정과 뒷바라지에 몸도 마음도 제대로 한번 펴신 날 없이 사신 이제 등허리 굽은 할머니가 된 어머니의 모습을 떠올려 본다.

MEMO

# 경계선 장애인의
# 끊임없는 구직

*

190cm도 넘어 보이는 큰 키에 깡마른 체구, 금방이라도 쓰러질 듯한 모습을 한 청년은 상담실에 들어와 앉자마자 떨리는 손으로 신분증을 제시했다. 그리고 시선을 고정하지 못하고 눈치를 보는 듯한 표정으로 일자리를 구하러 왔다고 들릴락 말락 작은 목소리로 말했다. 청년은 2년제 대학 사회복지학과를 졸업한 후 사회복지 관련 기관에 여러 번 지원해서 늘 서류는 합격했다. 하지만 면접에서 번번이 떨어졌다. 왜 자꾸 면접에서 떨어지는지 청년과 상담하는 동안 알 것 같았다. 안타까운 마음을 갖고 이리저리 찾아봐도 청년에게 알맞은 직장이 마땅치 않았다. 섣불리 사업체에 소개해 줬다가 제대로 근무하지 못하면 청년에게도 사업체에도 난처한 상황이 벌어지리라는 생각이 들었다.

직업상담사로서 오래 일하다 보니 구직자와 면담을 해 보면 그 사람의 성격과 업무 수행 시 일어날 여러 가지 가능성이 금방 파악된다. 사업체와 연결해 주면 오래 성실히 근무할 수 있을지 또는 금방 직장을 그만둘지 느껴지는 경우가 많고 대

부분의 경우 직감이 맞을 때가 많다. 이 청년의 경우는 아쉽게도 맞는 직장을 구해 주기가 쉽지 않겠다는 생각이 들어서 다음 상담 시간을 예약하고 돌려보냈다.

그 후 청년은 하루에 한 번씩 늘 같은 시간에 전화해서 일자리를 달라고 사정했고 마땅한 일자리를 소개해 주지 못하는 나는 나의 한계와 무능함에 전화를 끊고 나면 안타깝고 속상한 마음이 들어 우울해졌다. 청년은 전화만으로 안 되겠다 싶었는지 사무실로 찾아왔다. 두 번째 상담 시 혹시 장애 등급이 있는지 조심스럽게 장애 여부를 물었다. 청년은 장애인이냐는 질문을 많이 받았었는지 거리낌 없이 장애인 판정을 받으러 여러 번 병원에 갔었지만, 인지력이 어느 정도는 있기에 장애인 등급을 받기 어렵다는 소견을 들었다고 했다. 그러면서 오히려 청년은 자기가 장애인 등급을 받을 수 있게 도와 달라고 했다. 청년 부모의 의견도 중요하다는 생각에 청년의 아버지는 물론이고 어머니와도 통화를 했다. 그러나 장애로 판정하기가 어렵다는 의사의 소견에 장애 판정을 받는 것은 오래전에 포기했다고 했다. 그리고 본인들이 죽고 나서 어려운 가정 형편에 아들 혼자 경제적 능력 없이 어떻게 살아가야 할지 막막하다며 전화기 너머로 흐느껴 울었다. 어려운 가정 형편에도 교회 집사가 대학이라도 나오면 취업할 수 있다고 해서 아버지는 낮에는 막노동 일을 하고 밤에는 대리운전으로 돈벌이를 하고 어머니는 건물 청소 일을 하면서 어렵게 대학에 보냈는데 졸업하고 어디

에도 취직하지 못하고 있다며 울음을 멈추지 않았다.

그 후 7년 넘게 청년의 일자리 상담을 계속해도 청년이 원하는 일자리를 찾아 줄 수 없었다. 하는 수 없이 공공 근로 사업을 지원하도록 안내했다. 7년이 넘는 시간 동안 나에게 의지하며 상담한 청년은 어느 날 여동생이 결혼하는데 꼭 정규직 일자리를 가져서 제부에게 멋진 매제의 모습을 보여 주고 여동생에게 신혼 선물로 냉장고를 사 주고 싶다며 사정했다. 청년이 원하는 곳에 취직을 할 수 있도록 도와주고 싶지만 그렇게 할 수 없는 나는 큰 돌덩어리로 가슴을 누른 듯 마음이 무거웠다.


직업상담 업무를 시작하던 2000년대, 장애인 직업 훈련 교육 기관에서 근무할 때가 떠올랐다. 그곳에서 훈련을 수료한 장애인 수료생들에게 마땅한 일자리가 없었다. 그 시절 나는 장애인들의 자립을 위해 장애인이어도 할 수 있다고 판단되는 일자리에 직원을 채용한다는 소식을 들으면 무조건 찾아가서 장애인을 채용해 달라고 하소연했다. 하지만 사업체 대표는 면접조차 보려 하지 않았고 나는 면접을 볼 기회라도 달라며 면접 후 채용 여부를 결정하자고 했다.

대부분 장애인을 고용하는 곳은 비누나 빵 등을 포장하거나 세차장에서 물기를 제거하는 일 등 아주 단순한 일자리이고 그마저도 장애 정도가 경미해 겉으로 거의 표시 나지 않는 정상인 수준의 몇몇 장애인에게 기회가 주어졌다. 대다수 장애

인은 이런 단순한 업무가 아닌 일반인처럼 다양한 직종에 근무하기를 희망한다.

하지만 마음처럼 움직여지지 않는 몸 상태와 안전과 이익 등을 고려해야 하는 사업체의 사정과 정상인도 직장을 구하기 쉽지 않은 현실 등을 고려할 때 장애인의 취직이 쉽지 않다.

공직에 근무하는 직업상담사로 많은 보람과 사명감을 느낄 때도 있지만 이렇게 안타까운 구직자를 만나면 내 능력이나 권한의 한계를 느낄 때가 많다.

그럴 때 외우는 시가 있다.

---

### 담쟁이

도종환

(전략)

물 한 방울 없고 씨앗 한 톨 살아남을 수 없는
저것은 절망의 벽이라고 말할 때
담쟁이는 서두르지 않고 앞으로 나아간다.
한 뼘이라도 꼭 여럿이 함께 손을 잡고 올라간다.

·
·

담쟁이 잎 하나는
담쟁이 잎 수천 개를 이끌고
결국 그 벽을 넘는다.

---

지금처럼 이 청년이 느끼는 벽 앞에 같이 서서 청년의 손을 잡고, 또 다른 수천 개의 손을 잡고 나도 그 벽을 넘고 싶다.

그 벽을 넘는 방법 중 이 청년처럼 장애인과 비장애인의 경계선상에 있어 혜택을 받지 못하고 그렇다고 정상인처럼 살고 싶어도 살 수 없는 사람들을 위해 보편적 복지의 구체적인 방안 등을 도입하는 제도가 필요하다고 생각한다.

구체적 세부 방안 중 하나로 지금도 일부에서는 시행되고 있는 장애인 고용 업체에 인센티브를 제공하고 관공서 등 조달청 공고 시 장애인 고용 업체에 대해 수의 계약을 할 수 있는 등 구매에 우선권을 준다거나 세금에 대한 혜택을 확대하는 방안이다. 장애인 고용에 대한 사업체의 부담을 줄이는 정책이 일부 시행되고 있지만 사업체가 실질적으로 체감할 수 있는 정책으로 더욱 확대되었으면 한다. 또한 장애인 등급을 받지 못한, 하지만 일반인처럼 일할 수 있는 여건이 안 되는 사람들에게도 일할 기회가 주어질 수 있게 지속적인 관심과 세부적인 실천 방안이 필요하다.

요즘 세간에 화제가 된 드라마인 「이상한 변호사 우영우」에 대해 많은 분이 관심과 지지를 보내지만, 이렇게 천재적인 장애인이 몇 명이나 될까 생각해 볼 필요가 있다. 발달 장애인 부모 또는 가족이 잇달아 목숨을 끊는 일이 연이어 발생하고

있다. 그분들이 겪는 고통과 삶의 무게를 함께 느끼며 약자들도 함께 살 수 있는 정책에 대해 고민해 본다.

# 다시 시작하는 직장

퇴직한 교장 선생님의 재취업기

\*

사무실 문을 열며 "직업상담사 조희수 씨를 만나고 싶은데요." 하며 어르신 한 분이 들어오셨다. 나는 '무슨 일이지? 처음 상담을 오는 구직자는 내 이름을 알 수가 없을 텐데….'라는 의아한 생각이 들었다. 하지만 순간 벌떡 일어나며 "제가 직업상담사 조희수입니다."라고 대답하니 어르신은 구청 홈페이지 검색을 통해서 내 이름을 알았다며 들고 오신 박카스 한 박스를 탁자 위에 올려놓으셨다. 구청에 오기 전에 홈페이지를 찾아서 미리 알아보고 오실 정도라면 보통 분은 아니시리라는 생각이 들었다. 한참을 망설이며 말없이 계시더니 조심스럽게 본인이 일할 만한 곳이 있는지 물으셨다.

어떤 사람들은 "배부르고 등 따뜻하니까 꽃노래하고 있다." 라고 할 수도 있겠지만, 평생 초등학교에서 교직 생활을 하며 교장으로 퇴직한 그분은 아무것도 안 하고 집에 있으니 하루 하루 살아가는 일이 너무 지루하고 죽을 날만 기다리는 것 같아 견디기 어렵다고 했다.

퇴직 후 집에 있으면서 그동안 학교 생활이 바쁘다는 핑계로 늘 새벽에 나가 밤늦게 들어오느라 제대로 함께하지 못한 부인에 대한 미안한 마음으로 이제 넘치는 시간을 함께 취미 생활도 하고 집안 살림도 같이 챙기면서 보내고 싶은 생각이 들었다. 그런 마음으로 주방에서 일하는 부인을 위해 무슨 일이라도 도와줄까 물어보면 '안 도와주는 것이 도와주는 것'이라며 괜히 집에서 어슬렁거리지 말고 같이 있으려니 속이 답답해진다며 제발 밖에 나갔다 늦게 들어오라고 했다. 그래도 '말만 저렇게 하는 거겠지.' 생각하며 같이 등산을 가자고 말하면 부인은 친구들하고 약속이 있다거나 같이 다니면서 얼마나 꼰대 짓을 하려고 하냐며 들은 척도 하지 않았다. 그러니 자식들은 말해 무엇하겠는가! 밤늦게 들어온 자식들에게 살갑게 말이라도 걸어 보면 다녀왔다는 인사 한마디만 하고 각자 방으로 들어가 버렸다. 교장 선생님은 시중에 떠도는 농담처럼 집안 서열이 꼴찌라며 집에서 제일 상전은 키우는 강아지라고 말했다. 강아지한테는 부인이고 자식이고 온통 관심과 사랑을 듬뿍 주며 대답도 하지 못하는데 자꾸 말을 걸고 칭찬하면서 그 옆에 앉아 있는 본인에게는 눈길조차 제대로 주지 않는다며 신세 한탄을 하셨다.

그렇게 몇 달을 집에서 보내 보니 정말 눈칫밥이라는 말의 의미를 알 것 같았다. 이렇게는 못 살겠다 싶어서 아침을 먹

으면 무조건 집에서 나와 근처 산에 갔다가 오후쯤 내려오기를 몇 달 했다. 하지만 그것 또한 혼자서 계속할 일은 못 되었다. 남은 생을 계속 이리 지낼 수는 없다는 생각이 들어 일자리를 찾아보았지만 마땅한 일자리를 찾을 수 없었고 구청에 직업상담 민원실이 있다는 걸 알게 되어 찾아왔다고 했다.

교장 선생님의 경우 다달이 나오는 연금이 적지 않아 꼭 경제적인 이유로 취직을 하려는 것은 아니었다.

평생 새벽에 출근하고 밤에 퇴근하는 직장 생활을 삶의 전부로 알고 살다가 퇴직하니 하루해가 너무 길고 남은 인생을 무료하게 보내고 싶지 않아서 취직하고 싶다고 했다. 나는 만약 선생님의 연령대에 재취업을 하려고 하면 건물 주차 관리원 또는 경비처럼 단순 노동직이 대부분이고 그런 자리조차 쉽게 나오지 않아 실제 취직하기는 어려울 수도 있다고 말씀드렸다. 교장 선생님은 어떤 자리여도 괜찮다고 하면서 아직은 몸도 건강하고 일할 수 있는 여건이 되니 꼭 일자리가 있으면 연락을 달라고 했다.

그 후 주차 관리원 일자리가 나왔고 신신당부하던 교장 선생님의 모습이 떠올라 조심스럽게 아직도 취직하고 싶은 마음이 있으신지 여쭤보았더니 흔쾌히 아무 일이라도 해야지 이렇게 계속 살다가는 없던 병도 생기겠다며 꼭 소개해 달라고 했다.

건물 주차 관리원 자리가 있는데 정말 하실 수 있을지 걱정

이라고 말씀드리며 면접도 통과해야 한다고 전하니 신난 목소리로 면접에 최선을 다해서 반드시 합격하겠노라고 하셨고 다행히 면접에 합격하고 취업을 하셨다.

취업 후 예전에 같이 교직에 있던 동료들에게 자랑했더니 돈이 없어서도 아니고 교장씩이나 한 사람이 체면이 있지 주차 요원을 해야 하느냐고 뒷말을 듣기도 했다. 하지만 더 일찍 퇴직한 선배는 아침에 눈 떠서 출근할 곳이 있는 것만으로도 너무나 부럽다고도 했다.

한 달이 지난 후 교장 선생님은 다시 나를 찾아오셨다. 첫 월급을 받았는데 고마운 마음이 들어서 빨간 내복을 사 와서 첫 월급을 받았다고 자랑하고 싶었지만 처음 나와 상담할 때 가져온 음료수마저도 내가 극구 사양하며 돌려보냈는데 다른 건 더더욱 안 받을 것을 알기에 그냥 빈손으로 왔다며 그래도 고맙다는 말은 직접 얼굴을 보고 하고 싶어서 왔다고 했다. 그 말을 들으니 오히려 내가 더 감사한 마음이 들고 직업 상담사로서 보람을 느끼며 그동안 겪었던 힘든 일들에 대한 위로가 되었다.

학교와는 전혀 다른 사업체에서 적응하기 힘든 부분에 관한 하소연을 하면서도 인생이라는 커다란 연극 무대에서 한쪽 면만 보고 살아온 세월 동안 본인은 우물 안 개구리였다는 걸 깨달았다며 그동안의 삶과는 전혀 다른 새로운 세상을 경험할 수 있게 기회를 줘서 고맙다고 했다.

"내가 예전에는 얼마나 잘나가는 사람이었는데?"라며 소위 "나 때는 말이야." 하며 현실을 제대로 파악하지 못하는 사람은 아무리 일자리를 구하려고 해도 어느 곳에도 일자리가 없다. 하지만 교장 선생님처럼 예전의 모든 것을 내려놓고 이왕 사는 인생 다양한 사회 경험을 하는 기회라 생각하고 조금은 낮은 자세로 일할 곳을 찾으면 나이나 학벌 등 다른 조건들이 부족해도 일할 수 있는 곳을 찾을 수 있다.

# 헌신하다 헌신짝 신세가 된
# 할머니

\*

옛날 지금은 초등학교라 불리는 그 당시 '국민학교 입학식 날' 그때는 누런 코를 흘리는 아이들이 많았는데 그렇게 코가 나오면 닦으라고 이름표와 함께 가슴에 달아 주던 하얀 면 손수건. 눈물을 훔치며 들어오는 할머니의 손에 들려 있는 하얀 손수건을 보며 갑자기 어린 시절이 떠올랐다.

"죄송해서 어쩐디야. 내, 내 좀 살려 주어, 새댁…."

오래전 소설 속을 들어가 있는 듯한 느낌이 들게 하던 할머니의 '하얀 손수건과 새댁'이라는 단어.

작은 식당을 하며 풍족하지는 못해도 남에게 아쉬운 소리 안 하며 혼자 아들을 키웠다. 아들은 크게 신경 쓰이게 하는 일 없이 잘 자라 평범한 직장인이 되었고 같은 회사에서 만난 동료와 결혼했다. 아들 결혼이 끝나는 날 이제 남은 생은 여유 없이 살지 않고 남에게 베풀며 좀 쉬기도 하면서 살아야겠다고 생각했다. 식당은 그동안 단골들만 상대해서 돈을 벌었기 때문에 남은 노후는 별걱정 없이 살아갈 수 있으리라 생각했

다. 하지만 며느리가 손녀를 낳은 후 돌봐 줄 사람이 없다며 손녀가 어린이집에 갈 때까지만 봐 달라며 어차피 나중에는 같이 살 건데 조금 일찍 같이 산다고 생각하시라며 아들과 며느리가 하루에도 몇 번씩 사정했다. 자식 이기는 부모 없다고 오랫동안 식당 운영을 하며 쌓아 온 단골을 뒤로하고 급하게 식당을 정리하느라 제값도 못 받고 넘기고 아들네로 들어가 손녀를 키우기 시작했다. 아이 보는 일은 끝이 없고 밖에서 일하던 사람이 온종일 집에서 갓난아이와 있으려니 너무 힘들고 어려웠다. 그래도 아들 내외와 손녀를 생각하며 참았다. 그리고 손녀가 뒤집고 기어 다니다 서고 뒤뚱거리며 걷는 모습들을 보면서 귀엽고 예쁜 마음이 들었다. 이렇게 남은 생을 아들 집에서 손녀 크는 것을 보면서 살아가겠거니 생각을 하며 식당을 하며 모아 놓은 돈은 아들 며느리 생활비와 손녀 키우는 데 곶감 빼 먹듯이 빼서 보태고 살았다. 며느리와 같이 살면서 며느리도 편하지 않았겠지만, 요즘은 며느리 시집살이라고 하고 싶은 말도 제대로 못 하고 밥이며 빨래와 청소까지 도맡아 하다 보니 무급으로 일하는 가정부가 된 것 같은 생각도 들었지만 그래도 죽으면 썩어질 몸뚱이라는 생각을 하며 몸이 여기저기 아픈 것도 참으며 살림과 육아를 도맡아 했다.

그렇게 손녀를 키우고 손녀가 중학교에 입학하니 학교가 끝나면 학원으로 가서 아들 내외보다 더 늦게 들어오고 온갖 정성을 다해 키운 손녀가 할머니를 집안일을 하는 사람으로 취

급하는 것 같아서 며느리에게 손녀에 관해서 한마디 했더니, 그 일을 꼬투리 잡아 이번에는 손녀를 핑계 삼으며 아들 내외가 더 이상 같이 살고 싶지 않다고 했다. 십몇 년을 모든 걸 포기하고 손녀를 키우고 헌신하며 아들 내외를 대신해서 집안일을 했는데 급기야 나이 먹고 병든 몸으로 아들 집에서 쫓겨난 신세가 되었다. 헌신하면 헌신짝이 된다더니 자신의 처지가 버려진 헌신짝보다 못하다며 할머니는 신세 한탄을 했다.

주름진 얼굴에 앙상한 몸의 할머니는 어떤 일이라도 취직만 시켜 주면 열심히 하겠다며 거듭거듭 사정했다. 마침 학원 건물 청소 자리가 있어서 학원장에게 연락했더니 나이가 많아 곤란하다고 거절했다. 나는 딱한 사정이 있으니 우선 일을 시켜 보고 나서 결정하는 건 어떠냐고 계속 부탁했다. 결국 일주일 정도 할머니가 일하는 모습을 보더니 손이 야무지고 부지런하다며 채용하겠다고 했다. 고맙다는 말을 연신 하며 손수건으로 눈물을 찍어 내는 어르신의 앙상한 손에 걸레가 쥐어질 것을 생각하니 마음이 아팠다.

가끔은 어떠한 것이 정답인지 모를 때가 있다. 이쪽저쪽 양쪽 이야기를 모두 들어 봐야 알겠지만 직업상담사로서의 나는 누구의 말이 맞고 틀리고가 중요하고 정답이라기보다는 일자리를 원하는 사람에게 일자리를 연결해 주는 것, 그것이 내게는 바로 정답이다.

# 아무래도 얼굴 때문에
# 취직이 안 되는 것 같아요

＊

지금은 코로나19로 인해 어디를 가든 마스크를 쓰는 것이 정상이지만 몇 년 전만 해도 연예인이 아닌 이상 마스크를 쓰고 다니면 사람들이 혹시 범죄자이거나 얼굴이 흉한가 싶어서 이상한 시선으로 보았던 때가 있었다. 그 당시 상담실에 들어온 여학생은 마스크에 모자까지 푹 눌러써서 얼굴을 볼 수가 없었다.

여학생은 자신이 너무 못생겨서 서류의 사진은 포토샵으로 보정해서 지원하니 서류에서는 합격하나 면접에서 떨어진다고 했다. 부모님께 아무래도 얼굴 때문에 불합격되는 것 같다면서 성형을 한다고 했더니 반대가 심하다며 구청 직업상담사에게 상담하면 취직할 수 있다고 하면서 부모님이 꼭 가 보라고 했고 만약 그렇게 했는데도 안 되면 성형하는 것에 대해 다시 생각해 보겠다고 해서 왔다고 했다.

나는 성형이 꼭 나쁜 것은 아니지만 부작용 때문에 부모님이 걱정하시는 것은 당연하다며 여학생에게 부모님의 말씀처럼 취직을 위해 먼저 노력해 보고 그러고도 안 되면 자신감

향상을 위해 부모님을 이해시키고 설득해서 성형하는 것도 나쁘지는 않다고 말했다. 그러면서 외모도 중요하나 말투와 행동 등 돈을 들이지 않고 노력으로 바꿀 수 있는 것을 바꾸는 것도 좋을 것 같다고 했다. 인상이 가장 중요한데 좋은 인상은 자신을 사랑하고 자신감을 가지는 당당한 태도에서 나온다고 말했다. 성형을 하려면 경제적인 능력도 있어야 하니 부모님께 의지하지 않고 돈을 마련하면 부모님 생각이 달라질 수도 있다는 말도 했다. 여학생은 자신을 이해해 줘서 고맙다며 한번 노력해 보겠다고 하고 상담을 마치고 돌아갔다.

그렇게 잊은 듯 있던 어느 날 한 여학생이 상담실을 들어왔다. 상담실에 두 번째 오는 상담자들은 거의 이렇게 말을 시작한다.

"선생님, 저 모르시겠어요?" 또는 "선생님, 저 기억하세요?"

솔직히 모르겠는 때가 많고 기억나지 않을 때가 많다. 워낙 수많은 사람을 상담하며 만나다 보니 기억에 한계를 느낀다.

그 여학생도 "선생님, 저 기억하세요?"라고 묻는데 솔직히 모르겠다.

'또렷한 눈매에 환한 미소가 예쁜 모습의 아가씨를 내가 어떻게 상담했던가?'

기억이 안 난다.

"당연히 기억 못 하실 거예요. 저번에 마스크랑 모자 쓰고 왔으니까요. 성형 상담을 했었는데요."

정확히 기억이 난다.

"이렇게 예쁜 얼굴을 왜 그땐 그렇게 가리고 왔었어요?"

"지금은 약간 의학과 과학의 힘을 보탰어요."

상담 후 여학생은 아르바이트로 돈을 모으고 결국 부모님을 설득해 성형한 후 자신감이 생겼고 그 후 본인이 희망하는 곳에 취업했다고 했다. 그러면서 성형에 대해 부정적으로 말하지 않고 본인의 입장을 충분히 이해하며 취직에 필요한 조언을 해 주었던 내가 떠올라 지나는 길에 고맙다는 인사를 하고 싶어서 들렀단다.

특별히 상담해 준 것도 없는데 이렇게 좋게 기억해 주고 취직까지 하고 찾아와 고맙다고 말해 주니 오히려 내가 더 고맙고 힘이 난다고 말했다.


요즘 다수의 많은 구직자는 외모로 인해서 취업하지 못한다고 생각하는 경우가 많다. 하지만 사업체는 외모가 아닌 내면의 성실성과 근면 그리고 인성이 좋은 사람을 채용한다는 것을 기억하고 1차 시험에 합격한 구직자는 면접시험을 준비할 때 직업상담사의 면접 및 이미지 코칭을 꼭 받았으면 한다.

# 키가 작아 취업하지 못한다는
## 취준생

✳

"아무래도 취직이 안 되는 이유가 키가 작아서인 것 같아요. 1차 서류는 합격하는데 면접시험에 가면 늘 떨어져요. 얼굴은 성형할 수 있다지만 작은 키는 어떻게 할 수 없잖아요. 키를 크게 하는 방법이 없을까 싶어 병원에 가서 상담을 받아 보아도 성인이 된 후에는 별 방법이 없다는 대답을 듣고 나서는 이렇게 계속 취직이 안 될 것 같고 자꾸 우울하고 살고 싶은 생각도 안 들어요."

비록 키가 보통 사람들보다 작은 편이지만 선한 눈매의 청년은 고민이 많은 얼굴로 상담을 하러 왔다.

상담을 하다 보면 어떤 말을 해야 할지 난감할 때가 있다. 실은 외모보다는 실력이나 심성이 더 중요하다고 말을 하고 싶지만 듣는 사람은 너무나 원론적이고 형식적인 말이라고 생각할 수 있다는 걸 알기에 아무 말도 하지 못하고 가만히 청년의 얼굴을 바라보았다.

외모도 '스펙'이라는 말이 당연시되는 요즈음 사회 현상에

대한 통계 자료를 보면 구직자 10명 중 7명이 외모가 취업 시 당락에 영향을 준다고 생각한다. 당락에 가장 큰 영향을 미치는 부분은 '인상, 표정 등 분위기', '체형(몸매)', '이목구비', '옷차림', '청결함' 등 순이다. 여기에서 가장 중요한 것이 인상, 표정 등 분위기라는 점이다. 아마 외모 중 의학이나 과학의 힘으로 바꿀 수 없는 가장 어려운 문제는 키일 것 같다. 눈, 코 기타 등등은 의학과 과학의 힘이 가능한 영역에 속할 수도 있지만 키는 어찌 할 수 있지 않다. 하지만 나는 의학이나 과학의 힘이 아니라 본인의 의지와 관심 그리고 노력으로 바꿀 수 있는 것들에 집중하면 어떻겠는가에 대해 말하고 싶다. 예를 들면 인상이나 표정 등 분위기와 말투, 태도 등에 집중하고 더 나아지도록 시도해 보았으면 좋겠다. 하지만 이 말들이 지금 간절한 마음의 그 청년에게 얼마나 도움이 될까? 그럼에도 불구하고 나는 간절한 청년의 눈빛을 바라보며 내 이야기가 원론적이고 형식적으로 들릴지도 모르겠지만 꼭 해 주고 싶은 이야기가 있다며 먼저 양해를 구하고 예전에 어머니께 들었던 옛이야기를 해 주었다.

옛날에 고기 장사를 하는 사람이 있었는데 어느 날 그 가게에 손님 두 사람이 고기를 사려고 왔다. 첫 번째 손님이 "사장님, 고기 한 근만 주세요." 하니 고기를 썰어 주는데, 한 덩어리 큼직하게 그냥 보아도 한 근이 넘는 양을 주었다. 두 번

째 손님이 "어이, 고기 한 근 줘." 하니까 이번에도 고기를 썰어 주는데 앞의 손님 고기보다 훨씬 적은 양을 썰어 주었다. 기분이 나빠진 두 번째 손님이 왜 고기의 양이 다르냐고 따지니 고기 파는 사람이 첫 번째 고기는 '사장님'이 파는 고기이고 두 번째 고기는 '어이'가 파는 고기라서 당연히 양이 다르다고 대답했다.

청년은 나의 이야기를 듣고 나서는 "선생님, 결론은 키보다 인성이 취업에 더 좌우된다는 거죠?"라며 정답을 이야기했다.

"죄송해요. 원론적인 이야기 외에 다른 말을 해 주지 못해서요. 그래도 취직 포기하지 말고 우리 함께 같이 계속 노력해 봐요."

사람에게 외모는 당연히 중요하다. 하지만 외모보다 말투나 행동 등 분위기와 심성이 더 중요하다. 많은 사람과 소통하면서 말투만 보아도 대략 그 사람을 알 수가 있다. 말투는 버릇이나 모습으로 그 사람의 습관이나 성격을 짐작할 수 있는 판단의 기준이 되기도 한다. 물론 돈과 시간을 들이고 육체적인 고통을 참으며 의학의 도움을 받는 것도 나쁘지 않은 방법일 수 있지만 그보다 먼저 본인의 의지로 본인의 분위기나 태도 등이 변화할 수 있도록 노력해 보는 것은 어떨까?

당연히 본인의 얼굴에 대한 불만이 심해 매사에 의욕이 없는 사람이 성형 수술을 통해 자신감을 되찾고 생활 태도가 달라졌다면 성형을 나쁘게 생각하거나 색안경을 끼고 볼 필요는 없다고 생각한다.

누군가에게는 또 다른 하나의 해결 방법이 될 수 있으니 각자 생각의 다름이나 차이에 대해서 인정하고 타인에게 피해를 주지 않는 범위 내에서 본인이 스스로에 맞는 답을 선택하면 되지 않을까?

# 지적 장애인의
# 아버지

＊

문을 열고 들어오는 상담자는 언뜻 보기에도 구십이 되었을
듯 연세가 있어 보였다. 그분은 본인 자신이 아닌 이십 중반
딸의 이력서를 내밀며 상담을 신청했다. 60살 가까이 되어서
낳은 딸이 지적 장애 1급인데 대학이라도 나오면 취업할 수
있을까 싶어서 많이 노력한 끝에 4년제 대학교 사회복지학과
에 입학시켰고 어렵게 학기를 마쳐 올해 졸업반이란다. 그런
데 여기저기 이력서를 넣어도 다 불합격이라는 통지를 받고
답답해서 찾아왔다며 힘없이 고개를 떨구었다. 며칠 후에 당
사자인 여학생 혼자 상담을 왔다. 여학생은 묻지도 않는데 집
에 돈도 많고 형제들도 많다는 말을 자랑스럽게 이야기했다.

직업상담을 하다 보면 난감할 때가 많은데 특히 직업상담사
를 찾아오면 무조건 본인에게 맞는 일자리가 당연히 있을 것
이라고 생각하며 상담을 오는 경우이다. 직업상담사에게는
구직자의 상황뿐만 아니라 사업체의 상황도 중요하다. 모든
취직을 원하는 분의 취업이 중요하겠지만 특히 사정이 딱한

분들을 상담할 때 더욱 취업을 성공하게 하려는 마음이 간절해진다. 예를 들어 지금처럼 장애를 가지고 있는 가족이나 본인이 취직하고자 애쓰면 취업을 시키려고 더욱 많이 노력한다. 하지만 사업체에서는 아예 면접도 보지 않거나 면접을 보더라도 채용을 거부하는 경우가 많다. 이런 상황을 구직자 아버님께 이야기하기에 너무나 죄송스러웠지만 그래도 현실을 말하지 않고는 문제를 해결할 수 없다는 판단을 내리고 긴 시간 고민 끝에 전화를 드렸다. 평생 다닐 수 있는 일자리를 찾기는 쉽지 않지만 우선 딸이 사회생활을 어떻게 해야 하는지 배울 수 있는 장애인 일자리 사업에 지원하도록 권했다. 다행히 동의했고 합격하여 잘 다니며 하루에도 몇 번씩 전화해서는 "선생님, 회사 출근했어요." "선생님, 지금 퇴근했어요." 하며 출퇴근을 보고하고 착실하게 직장 생활을 했다. 그렇게 2~3년을 장애인 일자리에 참여하였고 언젠가부터 연락이 오지 않았다. 대부분 취직을 한 사람들이 처음에는 고맙다고 자주 연락한다. 그러나 생활에 적응하고 나면 서서히 연락이 끊어지는 걸 오랜 업무 동안 겪었기에 '무소식이 희소식이겠지.' 하며 그저 잘 지내고 있으려니 생각했다.

그렇게 1년쯤 지난 후 갑자기 전화가 왔다. 아주 맑은 목소리로 안부 인사도 없이 대뜸 "선생님, 아빠 죽었어. 아니 돌아가셨어. 그래서 다 어디로 가고 엄마랑 나랑 여동생이랑 살

아."라며 밝게 웃었다. 도대체 무슨 일인가 싶어 깜짝 놀라 어머니를 바꿔 달라고 하니 남편이 1년 전에 갑자기 폐암 말기 선고를 받고 돌아가셨다며 사실 남편은 전처를 먼저 보내고 자기와는 재혼해서 딸 둘을 낳았는데 두 명 모두 지적 장애인이고 자식들을 의지하면서 살자니 너무 막막하다면서 울먹였다.

딸들의 미래를 걱정하던 연세보다 훨씬 늙은 모습의 아버지가 연신 고개를 숙이며 부탁하던 모습과 아무것도 모르고 웃으며 돈도 형제도 많다고 자랑하던 딸의 모습이 자꾸 떠오른다. 누군가는 말한다. 일반인도 구하기 힘든 일자리가 장애인들에게 있을까?

나는 말한다.
조금 늦게 갈지라도 더불어, 함께, 같이 가면 그들을 위한 일자리는 만들 수 있다고.

나는 생각한다.
내게 기회가 온다면 꼭 장애인을 채용하는 사업체를 만들어서 그들이 일할 수 있게 기회를 충분히 주겠다고.

그래서 나는 오늘도 일하고 쓰고 살아간다고.

# 아이와 살고 싶어요

✳

10년 만에 그녀에게서 전화가 왔다.

"조희수 선생님이시지요? 저예요! 기억나세요?"

'누구일까?'

많은 사람을 만나고, 상담하고, 취업하도록 도와주는 직업이다 보니 처음 연락 시 본인에 대해 밝히지 않으면 대부분 누군지 모를 때가 많다. 어떤 분은 섭섭해하기도 하는데 고의나 일부러 모르는 척하는 것이 아니라 나의 기억력의 한계에 대해 양해해 주시길 정중히 부탁드리고 싶다.

"저 ○○○이예요, 10년 전에 ○○○ 주차 정산원으로 취직시켜 주셨잖아요, 10년 만에 전화하네요. 그동안의 삶을 돌아보니 가장 감사한 분 중 한 분이 조희수 선생님인데 찾아뵙지도 못하고 연락도 못 하고 죄송한 마음과 고마운 마음이 들어서 이렇게 불현듯이 전화했어요. 잘 계시죠?"

그 말을 들으며 마치 10년 전이 어제인 듯 정확히 그녀에 대한 기억이 떠올랐다.

처음 그녀를 만났던 10년 전, 그녀는 아들과 함께 살고자 취업을 간절히 원했다. 가정 폭력으로 집에서 돈 한 푼 없이 맨몸으로 혼자 도망쳐 나온 그녀는 아들과 함께 살고 싶다고 했다. 지금의 거처는 가정 폭력을 피해 나온 사람들을 위한 임시 보호소였고, 초등학교에 다니는 아들을 두고 나온 것이 너무 후회스럽다고 했다. 아들 때문에 지옥 같은 집으로 다시 돌아가야 하나 생각도 했지만 그렇게 하면 본인도 아들도 살 수 있을 것 같지 않아 돌아갈 수도 없다면서 아들을 데리고 나와 함께 살 수만 있다면 어떤 일이라도 하겠다며 눈물지었다. 이력서 학력란에 쓰여 있는 4년제 명문 대학이 무색하게 그녀에게 소개해 줄 수 있는 일이 없었고 그나마 마트 계산대에서 사람을 구한다기에 연결해 주었더니 다행히 다음 날부터 출근하게 되었다. 그런데 1주일 후에 다시 연락이 와서는 밤에도 할 수 있는 일자리를 구하고 싶다고 했다. 나는 건강 생각도 해야 한다며 말렸다. 하지만 그녀는 아들을 하루라도 빨리 데려와야 한다고 했다. 그녀는 아들과 같이 살 집을 마련할 돈을 벌기 위해 마트가 끝난 밤에는 대리운전을 시작했다.

가난한 남편과 결혼한 그녀는 열심히 돈을 모아 건물을 살 정도로 경제적으로 기반을 다졌다. 하지만 갑자기 부유한 생활을 하게 된 남편은 다른 여자들을 만나기 시작했고 그런 남

편의 행동에 참을 수 없었던 그녀는 잔소리와 불평불만을 터트렸다. 남편은 급기야 그녀에게 수시로 폭언과 폭행을 하기 시작했고 그녀는 아들을 생각하며 참고 살았지만 결국은 계속되는 폭행을 견디다 못해 도망쳤다. 건물과 재산 모두 남편 명의로 되어 있어서 그녀는 무일푼이었다. 최근에는 새 여자가 집으로 들어왔고 아들이 눈치를 보며 학대를 당한다는 소식까지 들려 그녀는 아들을 데려오는 조건으로 모든 재산과 양육비 등에 대한 포기 각서를 쓰고 합의 이혼을 했다.

그런 그녀가 너무 안쓰러워 나는 계속 그녀에게 적합한 일자리를 찾았다. 마침 ○○ 기관의 주차 정산원 자리에 대한 구인 요청이 들어왔다. 나는 지체하지 않고 그녀에게 연락했고 다행스럽게 그 자리에 취업이 됐다. 안정적 일자리에 취업하고 아들을 데리고 왔다는 소식을 들은 이후로 연락이 끊어져 그녀에 대해 잊고 있었는데 그 아들이 벌써 군대를 다녀오고 이제는 취직도 해서 경제적으로 독립하고 잘 살고 있다고 했다. 어려운 여건 속에서도 삶을 포기하지 않고 견뎌 내며 새로운 삶을 잘 살다가 지난날을 되돌아보니 '조희수'라는 이름이 가장 먼저 떠올랐다며 일단 전화로라도 지난 세월에 대한 고마운 마음을 전하고 언제 시간이 되면 꼭 따뜻한 칼국수라도 한 그릇 같이 먹고 싶다고 했다. 나 역시 그분이 정말 반갑고 고마웠다. 언젠가 만나면 따뜻한 밥 한 끼 내가 사 주며

MEMO

그동안 고생 많이 했고 잘 살아왔다고 말해 주리라. 나도 내가 살아온 날들에 대해 돌아보는 시간이 되었다. 그 전화 통화 덕분에 내 일에 대한 보람을 느끼고 직업상담사로서 공무원의 길을 선택한 나의 선택이 맞았다는 답을 얻었다.

'직업+상담사'라는 단어를 나누어 생각해 본다. 정말 절묘한 단어다. 직업상담사는 종교인 같은 사명감과 소명 의식을 갖지 않으면 본인과 상담자까지 어려운 길로 빠질 수 있다는 것을 오랜 경험으로 체험하고 느끼며 지낸다.

늘 오늘처럼 반가운 연락, 고맙다는 연락만 받는 것만은 아니다. 생각지도 못한 일들에 엮여 힘들고 지치고 후회스러울 때도 있다. 하지만 지금처럼 이렇게 10년이 지난 후에도 고맙다는 마음을 갖는 누군가가 있다는 것을 알게 되었을 때는 그동안 고단하고 힘든 업무에 대한 노고가 다 녹아내린다. 더욱 열심히 좋은 직장을 찾아 구직자들에게 연결해 주고 그분들이 취직해서 밝은 내일을 맞는 모습을 상상하며 나도 함께 성장하기를 희망한다.